Alma de fuego

Cathy Williams

Bianca™

HARLEQUIN™

Editado por HARLEQUIN IBÉRICA, S.A.
Núñez de Balboa, 56
28001 Madrid

I.S.B.N.: 978-84-671-7333-8
Depósito legal: B-26237-2009
Editor responsable: Luis Pugni
Preimpresión y fotomecánica: M.T. Color & Diseño, S.L.
C/. Colquide, 6 portal 2 - 3º H. 28230 Las Rozas (Madrid)
Impresión y encuadernación: LITOGRAFÍA ROSÉS, S.A.
C/. Energía, 11. 08850 Gavá (Barcelona)
Fecha impresion para Argentina: 1.2.10
Distribuidor exclusivo para España: LOGISTA
Distribuidor para México: CODIPLYRSA
Distribuidores para Argentina: interior, BERTRAN, S.A.C. Vélez
Sársfield, 1950. Cap. Fed./ Buenos Aires y Gran Buenos Aires,
VACCARO SÁNCHEZ y Cía, S.A.
Distribuidor para Chile: DISTRIBUIDORA ALFA, S.A.

Capítulo 1

CÉSAR no estaba de muy buen humor. El navegador de su coche le había conducido hasta una pequeña callejuela. Eran poco más de las nueve de la noche y el clima había ido empeorando mientras había ido saliendo de Londres. No había parado de nevar desde hacía cuarenta y cinco minutos.

Cuando había organizado una cita con su hermano, aquel lugar no había sido lo que había tenido en mente. De hecho, hubiera preferido quedar en su club en Londres, pero Fernando había insistido en que se vieran en su propio terreno, en Kent, un sitio que no tenía ningún interés para César y que no había visitado nunca.

César maldijo para sus adentros mientras aparcaba frente a lo que parecía un almacén abandonado. Durante unos segundos después de apagar el motor, se quedó mirando la pared pintada con grafitis y se preguntó si la voz femenina que le había dado las indicaciones para llegar no le habría dado una dirección incorrecta.

Con impaciencia, salió del coche y buscó la puerta de entrada.

No podía creer que su hermano viviera en aquel basurero. Fernando no era el tipo de hombre al que le gustaran los lugares de mal aspecto. Lo cierto era que Fernando siempre había intentado evitarlos a toda costa.

César tragó saliva. Estaba furioso por tener que ir allí. Pero tenía un objetivo concreto y, de todos modos, no tenía sentido sufrir porque su noche del viernes se hubiera echado a perder. Ni tenía sentido molestarse porque su hermano hubiera elegido aquel punto de encuentro, en pleno invierno, lejos de la civilización. Pensó que, al final de la noche, Fernando tendría suficientes cosas de las que ocuparse.

César encontró la puerta en las paredes llenas de grafitis y, cuando la abrió, se tomó su tiempo para acostumbrarse a lo que vio.

No era lo que había esperado. El lugar parecía abandonado desde el exterior pero, una vez dentro, tenía un aspecto muy diferente. Unas docenas de personas deambulaban dentro de lo que parecía ser un club nocturno. A un lado de la sala en la penumbra, había unos cuantos sillones y sillas de cuero, repartidos alrededor de mesas bajas. Había también una larga barra, en forma de U, que ocupaba casi toda la parte trasera de la sala. A la izquierda, parecía haber un pequeño escenario y más asientos.

No tardó en ver a su hermano, que hablaba animado en un pequeño grupo. Como siempre, Fernando era el centro de atención.

César le había especificado que quería reunirse con él en privado, para hablar sobre su herencia, de la que César era albacea. Por eso, se enfureció al descubrir que había sido citado en lo que tenía todo el aspecto de ser una fiesta privada. La débil iluminación no le dio muchas pistas sobre el tipo de asistentes, pero no hacía falta ser muy listo para darse cuenta de que serían todos los amigotes habituales de su hermano. Rubias impresionantes, compañeros de juego y ociosos en general que tenían las mismas ambiciones que Fernando: gastar el dinero de la familia tan suntuosamente como fuera posible y, al mismo tiempo, huir de cualquier cosa que oliera a trabajo.

Su hermano iba por el mal camino si creía que iba a poder evitar hablar de su futuro escudándose en ese puñado de amigotes, pensó César con aire sombrío.

Cuando llegó a su lado, César dedicó a Fernando una sonrisa cargada de reproche, sin molestarse siquiera en mirar a la jovencita que tenía a su lado.

—Fernando —dijo César, extendiendo la mano para saludarlo—. Esto no es lo que esperaba.

César llevaba varios meses sin ver a su hermano. De hecho, la última vez había sido en una reunión familiar en Madrid. En esa ocasión, sus esfuerzos por despertar el interés de Fernando por el negocio familiar habían sido un completo fracaso. Entonces, le había dicho a su hermano que pensaba mirar con lupa cómo estaba gastando su herencia. Como representante legal, tenía el poder de retenerla si lo consideraba oportuno, hasta que le pareciera procedente.

—Reconsidera tu comportamiento —le había advertido César—. O despídete de ese estilo de vida que llevas.

Por supuesto, Fernando había reaccionado alejándose de su hermano todo lo que había podido.

—Creí que… como es viernes por la noche… —replicó Freddy, sonriendo con encanto—. ¡Disfruta un poco, hermanito! Podemos hablar mañana. Lo cierto es que quería enseñarte… –añadió, y gesticuló con las manos a su alrededor.

César lo miró con frialdad, en silencio.

–Pero estoy siendo grosero –continuó Freddy, y se giró hacia la mujer con la que había estado hablando cuando su hermano había llegado–. Ésta es Judith. Jude, éste es mi hermano, César. ¿Qué te traigo, César? ¿Whisky, como siempre?

–Yo quiero otro vaso de vino, Freddy –pidió Jude, y dio un pequeño paso para colocarse justo enfrente del hombre más intimidante que había visto en su vida.

Así que ése era el famoso César, se dijo Jude. No le sorprendía que Freddy se hubiera puesto tan nervioso ante la perspectiva de tener una reunión con él. Era unos seis centímetros más alto que su hermano y, mientras Freddy era atractivo y encantador, ese hombre resultaba impresionante. Tenía el rostro oscuro y una estructura ósea perfecta. Su aspecto era realmente impactante.

Jude se esforzó en sonreír. Aquel elaborado escenario se había planeado con meticulosidad. Freddy había estado ansioso por mostrarle a su hermano el lugar que había comprado. Era un antiguo almacén, que pretendía convertir en el club de jazz de sus sueños y sólo estaba esperando una inyección económica. Pero, según le había contado Freddy con preocupación, estaba a punto de quedarse sin poder sobre su herencia. Había invertido ya mucho en el lugar, pero no llegaría lejos sin la aprobación de César.

Y qué mejor manera de convencer a su hermano

de que lo apoyara que seducirlo mostrándole su idea, probándole que ya no era el despreocupado donjuán que solía ser. Freddy había invitado a las personas adecuadas para que le ayudaran a crear el escenario perfecto, incluyéndola a ella. Había allí banqueros, abogados, un par de contables... todo el mundo que iba a participar en su nueva empresa.

—Freddy me ha hablado mucho de ti —comentó Jude, y tuvo que mirar hacia arriba para verle los ojos.

—Bueno, yo no tengo ni idea de quién eres ni sé por qué Fernando ha quedado conmigo aquí —respondió César, y la miró con el ceño fruncido. Jude tenía el cabello corto y llevaba zapatos planos. Él tenía una idea muy clara del aspecto que debía tener una mujer y no era aquél—. ¿Lo sabes tú?

—Creo que quería que conocieras... a algunos de sus amigos...

—He conocido a los amigos de Freddy en el pasado. No tengo ganas de conocer a ninguno más, créeme.

Entonces, César pensó que nunca había visto antes a *esa* amiga en particular y que no se parecía a las amigas que Freddy solía frecuentar. ¿Qué estaría haciendo ella allí?, se preguntó, observándola escrutador.

—¿Quién eres tú? ¿De qué conoces a Fernando? Nunca me había hablado de ti.

Fernando llevaba un estilo de vida por todo lo alto y era muy generoso con su dinero. César lo sabía porque tenía acceso a todas las facturas de su hermano. También sabía que solía encantarle gastar dinero con las mujeres. Siempre había tenido imán para las cazafortunas. Y aquella Jude no tenía el aspecto de ser una de ellas, por lo que sintió un súbito interés en conocer qué relación tenía con su hermano.

César miró a su alrededor. No había nadie en los sillones, todo el mundo estaba de pie. Fernando llegaría dentro de unos minutos con las bebidas y, cuando lo hiciera, seguro que empezaría con un montón de presentaciones inútiles. Señaló hacia los sillones.

—El viaje hasta aquí ha sido muy largo. Sentémonos y así podrás contarme... cuál es tu relación con mi hermano.

Jude se preguntó cómo una invitación para charlar podía sonar tan amenazadora. Freddy había desaparecido en la barra y, sin duda, alguien lo estaba entreteniendo. Ése era uno de los malos hábitos de Freddy. Era capaz de entretenerse con cualquier conversación y olvidar lo que estaba haciendo antes.

—No tengo ninguna relación con tu hermano —comentó ella después de sentarse en uno de los carísimos sofás. La iluminación en esa zona era aún más débil y el rostro de César estaba lleno de sombras. Rió nerviosa y apuró su vaso de vino—. Me siento como si me estuvieran haciendo un interrogatorio.

—¿Ah, sí? No sé por qué. Sólo quiero saber de qué conoces a Fernando. ¿Dónde os conocisteis?

—Lo estoy ayudando con un... proyecto —repuso ella. Su papel era ayudar a convencer a César para que apoyara a su hermano en su nueva empresa.

—¿Qué proyecto? —preguntó César frunciendo el ceño. Que él supiera, Fernando no tenía ningún proyecto.

—Quizá quiera contártelo él mismo —repuso ella.

–Mira, he venido aquí para tener una conversación seria con Fernando sobre su futuro –señaló él, inclinándose hacia delante con aire amenazador–. En lugar de eso, me encuentro en un bar, rodeado de personas que no tengo ningún deseo de conocer y escuchando hablar de un proyecto que mi hermano nunca me ha mencionado. ¿Exactamente, cuál es tu trabajo en ese *proyecto* que dices?

–¡No me gusta tu tono de voz!

–Y a mí no me gusta que jueguen conmigo. ¿Desde cuándo conoces a Fernando?

–Desde hace casi un año.

–Casi un año. ¿Y hasta qué punto habéis intimado?

–¿Adónde quieres llegar?

–No veo mucho a mi hermano, pero conozco su forma de actuar y nunca ha tenido relaciones duraderas y platónicas con el sexo contrario. Siempre ha querido tener a su alrededor mujeres dispuestas a complacerle y a acostarse con él. También ha sido siempre muy predecible en sus preferencias. Rubias, con mucho pecho, piernas largas y poco cerebro. ¿Tú en qué grupo encajas?

Jude se sintió ultrajada. Se sonrojó y respiró unas cuantas veces para mantener la compostura.

–Si te ha hablado de mí, entonces es obvio que eres más que una compañera de trabajo –continuó él–. Entonces, dime, ¿qué eres tú?

Salvada por la campana. O, mejor dicho, por Freddy, que apareció con las bebidas en una bandeja. César se percató de la expresión de alivio de Jude. Y observó cómo los dos se miraban y Fernando le decía algo al oído. Jude se levantó de inmediato y se fue.

César la miró alejarse, en especial, observó su trasero. Podía ir vestida como un chico, pero había algo sutilmente sexy y gracioso en su modo de caminar. Seguiría hablando con ella después, pensó. Sabía que algo estaba pasando y no descansaría hasta averiguarlo. Pero, por el momento, se tomaría su tiempo.

Sentarse y esperar siempre había sido el lema de César y fue fiel a él mientras se desarrollaba la predecible ronda de presentaciones. Le pareció sospechoso que todos parecieran gente normal. ¿Dónde estaban las rubias despampanantes? ¿Y los jóvenes hijos de papá con conversación superficial? Era desconcertante que todo el mundo reunido allí esa noche pareciera estar deseando hablar con él de negocios.

Al final de la noche, César se dijo que casi estaba disfrutando del misterio.

Afuera, la nieve caía con mayor intensidad. Entre el grupo de personas que corrían a sus coches, aparcados en una zona habilitada para ello en la parte trasera del edificio, César vio a Jude, envolviéndose en una bufanda. El exterior estaba más iluminado que el interior y pudo verla mejor. Tenía el pelo corto y castaño y un rostro nada masculino. Unas largas pestañas oscuras enmarcaban sus ojos castaños y su boca era carnosa y atractiva.

Fernando siempre había tenido debilidad por lo obvio, pero ¿quién sabía? Una cazafortunas podía tener cualquier aspecto. Y las más sutiles, en cierta forma, podían ser más peligrosas.

De nuevo, César la vio hablando rápido y bajito con su hermano. ¿De qué hablarían?

–No había planeado quedarme a dormir en el bar –dijo César a su hermano, interrumpiéndolos. Aunque no la miró, notó cómo Jude clavaba los ojos en él.

–Ah –repuso Freddy, y sonrió–. Hay un excelente hotel en la ciudad…

–¿No tienes casa aquí? –preguntó César, frunciendo el ceño.

–Bueno, un apartamento. Bastante pequeño…

César observó a Jude, que había apartado la mirada y tenía los labios ligeramente apretados.

–Está nevando mucho. Y no tengo ninguna intención de ponerme a dar vueltas buscando un sitio donde quedarme. ¿Cómo se llama el hotel?

–Nombre del hotel… –repitió Freddy, y lanzó una rápida mirada a Jude.

Jude suspiró, resignada.

–Tengo una guía de teléfonos en mi casa. Si me llevas, puedo llamar y reservarte una habitación –dijo ella.

¿Llevarte a casa? ¿Cómo has llegado hasta aquí?

–He venido con Freddy.

–Bueno, parece una oferta que no estoy en disposición de rechazar –indicó César–. Y mañana, Fernando… tenemos que hablar.

–Claro, hermanito –repuso Freddy, y le dio una palmada en la espalda, haciendo el amago de abrazarlo.

Aunque estaba acostumbrado a tener una relación fría con su hermano, César sintió un poco de tristeza por la ausencia de calidez sincera entre ellos. La pérdida de sus padres cuando él había sido adolescente, en vez de unirlos, los había alejado.

Con la pesada carga del imperio familiar sobre los hombros, él se preguntaba si habría fracasado en su deber de amar a su hermano. Sin embargo, dejó de lado sus pensamientos pesimistas y se dijo que se había esforzado mucho en crear una vida estable y segura para Freddy. Había hecho todo lo posible.

–Mi coche está en la puerta.

–¿Por qué no lo dejaste en el aparcamiento de detrás?

–Porque al llegar tuve la sensación de que me había equivocado de sitio. Nunca sospeché que el edificio fuera utilizable ni que hubiera un aparcamiento detrás.

–¿Una buena idea, no crees? –dijo Freddy, radiante–. Hablaremos de eso mañana.

Jude miró a César, que ya se había puesto a caminar hacia su coche. Lo último que quería era verse sola en un coche con él o llevarlo a su casa, pero no parecía tener elección. Freddy no podía llevarlo a su apartamento, no con Imogen allí.

Al pensar en aquel pequeño secreto, Jude se sonrojó, sintiéndose culpable. Imogen debía haber estado en la pequeña fiesta de esa noche. Era, después de todo, una parte clave del proyecto. Sin embargo, Freddy había insistido en mantenerla fuera de la vista de César. Al menos, por el momento.

Y después de haber conocido a César, Jude podía comprender por qué, pues César era un hombre desconfiado por naturaleza. Si hubiera visto a Imogen, con su largo cabello rubio, sus grandes ojos azules y sus largas piernas, sin duda César le habría retirado la herencia a su hermano. El hecho de que Imogen estuviera embarazada de siete meses del hijo de

Freddy, seguramente le provocaría un ataque cardiaco.

–Podríamos ir directos a la ciudad –sugirió ella, y miró hacia el espeso manto de nieve–. No vivo lejos de aquí, pero el camino a mi casa es un sendero campestre y puede que este coche no sea adecuado para ello.

–Este coche está equipado para cualquier cosa –informó César.

–Cualquier cosa menos la nieve a mediados de enero. Para eso, necesitas algo más robusto. Este tipo de coches de moda puede que estén bien para Londres, pero en el campo no sirven de nada.

César la miró con incredulidad mientras ella miraba por la ventana, con el ceño fruncido.

Jude lo dirigió hacia la calle principal que, a la una de la mañana, estaba desierta. Tardaron un buen rato en dejar atrás la ciudad y, luego, entraron en un laberinto de caminos comarcales.

–¿Cómo diablos puedes vivir en estas condiciones? –murmuró César mientras se concentraba en llegar sin caer en una zanja.

–Tengo un vehículo de tracción en las cuatro ruedas. Es un poco viejo, pero es bastante seguro y puede llevarme a todas partes –admitió ella.

–A diferencia de este coche de moda mío –comentó él.

–Yo no podría permitirme un coche así ni en un millón de años. Pero tampoco lo quiero. No les veo sentido.

–Es cuestión de confort –repuso él.

Entonces, César se preguntó qué trabajo desempeñaría ella, aparte de ayudar a su hermano en el dichoso proyecto. Podría ser cualquier cosa, desde contable hasta consejera de imagen. Se dijo que quería conocer más acerca de ella aunque por el momento, sin embargo, estaba demasiado ocupado controlando el coche como para hacerle un interrogatorio detallado. Mientras doblaba una esquina a paso de caracol, se preguntó también cómo iba a arreglárselas para regresar solo a la civilización, al hotel.

–Yo prefiero las cosas prácticas –afirmó ella.

–Se nota por cómo vas vestida.

–¿Qué quieres decir?

–¿Tu casa está muy lejos? Lo digo porque, si seguimos a esta velocidad, igual sería mejor que nos bajáramos y fuéramos andando –dijo él, sin responderla.

–Está un poco más arriba –respondió ella, señalando a la débil luz de una farola, empañada por el manto de nieve.

Jude comenzó a rumiar en su cabeza el comentario que él había hecho acerca de su atuendo. Era cierto que llevaba vaqueros, pero su aspecto era lo bastante presentable. Llevaba un grueso abrigo negro de lana y botas negras, lo bastante elegantes, aunque no conjuntaran mucho con los lujosos sillones de cuero del coche.

Entonces, Jude posó los ojos en él. Era, tal vez, el hombre más grosero que había conocido pero, sin duda, era impresionantemente atractivo. Aunque no era su tipo en absoluto, se dijo.

Cuando estaban a punto de llegar, las ruedas del coche chirriaron y… se paró de pronto, quedándose bloqueado en la nieve.

César maldijo y la miró.

—¡No es culpa mía! —exclamó ella.

—¿Cómo diablos habrías vuelto? ¿A pie?

—Me habría… —comenzó a decir ella, pero se detuvo, ocultando que se habría quedado en el apartamento de Freddy, que estaba en el centro de la ciudad—. Me habría quedado en casa de Sophie —mintió.

—¡Maldito coche! —refunfuñó él, y abrió la puerta del vehículo—. Vamos a tener que caminar hasta la casa.

—¡No puedes dejar el coche aquí!

—¿Y qué sugieres que haga?

—Podríamos intentar empujarlo.

—¿Estás loca? —dijo él, y comenzó a andar hacia la casa—. Volveré a por él en cuanto la nieve amaine.

—¡Pero puede que falten horas para eso! —protestó ella—. ¡Tienes que irte a un hotel!

—¡Bueno, pues saca tu varita mágica para ver si el temporal se calma! —exclamó él.

César pensó que debía haber insistido en quedar con Fernando en Londres y que debía haberse detenido cuando había empezado a nevar, porque no podía permitirse el lujo de quedarse bloqueado en medio de ninguna parte. El sábado tenía que hacer una llamada a larga distancia muy importante y tenía que establecer unas cuantas citas a través del correo electrónico con personas que vivían en la otra punta del mundo. ¡Fernando quizá podía tumbarse cuando el tiempo no era bueno, pero él, no!, se dijo con frustración.

Al menos, la casa de Jude estaba calentita. Era, más bien, una cabaña, pequeña, blanca y rodeada por una valla de cuento. El interior era bastante cómodo, con viejos suelos de madera. Era todo lo opuesto a su mansión de mármol blanco, sofás de cuero y cuadros abstractos, inversiones que le habían costado un riñón.

—Guía de teléfonos… guía de teléfonos —murmuró Jude para sus adentros mientras la buscaba—. Ah. Aquí está. Hoteles. ¿Alguno en particular?

—Olvídalo.

—¿Qué quieres decir con eso?

—Mira fuera —dijo él, y señaló con la cabeza hacia la ventana.

Jude se percató, con el estómago encogido, de que se había levantado una tormenta muy fuerte. Haría falta un quitanieves para limpiar el camino y una grúa que llevara su coche a la ciudad. Era una locura pensar en salir de la casa en ese momento.

—¡Pero no puedes quedarte aquí!

—¿Por qué no? —preguntó César, y la observó con aire escrutador—. ¿Le importaría a Fernando?

—¿Freddy? ¿Importarle? ¿Por qué iba a importarle? —repuso ella, casi quedándose sin aliento. Charlar tranquilamente con aquel hombre sobre las virtudes de Fernando y su proyecto era una cosa, pero tenerlo como compañía durante toda la noche era algo muy diferente—. ¡Puedes llevarte mi coche para ir a la ciudad! —sugirió, contenta de la idea que había tenido—. No es muy cómodo, pero podrás llegar al centro de una pieza y seguro que cualquier hotel será más grato que el suelo de mi casa…

—¿Suelo?

—Así es —repuso Jude, sin quitarse el abrigo, a modo de indirecta—. Es una casa pequeña.

—Olvídalo, Jude. No intentes echarme. Me iré por la mañana y, si tengo que dormir en el suelo, así sea.

No voy a arriesgar la vida en tu viejo coche con este tiempo.

–Oh, muy bien –le espetó ella.

–Entonces, ¿por qué no te quitas el abrigo y me muestras en qué parte del suelo quieres que me ponga?

–Hay un pequeño cuarto de invitados –admitió ella con reticencia–. Pero es muy pequeño y está lleno de cosas. Tiene poco espacio para dormir.

César pasó a su lado y se dirigió a la zona de la cocina, observando la casa a su alrededor. No había ninguna señal de su hermano por allí. Ni fotos, ni restos de posesiones masculinas, como ropa o como los caros sombreros que Fernando solía coleccionar.

–¿Te gustaría una visita guiada? –preguntó Jude con ironía, sin descruzar los brazos–. ¿O te parece bien meter las narices en mi casa tú solito?

César se giró hacia ella. No sólo no era el tipo de rubia pechugona preferida por su hermano, sino que tampoco tenía la cabeza hueca, pensó. Tendría que esforzarse en averiguar en qué consistía su trabajo y qué relación tenía con su hermano. Quizá, el clima fuera un elemento a su favor. Atrapados en aquella pequeña casa, Jude no podía evadirse de sus preguntas. Así que sonrió despacio, con el deseo de afirmar su autoridad y dejar claro que no era la clase de hombre con el que se podía jugar.

–No –repuso César–. No será necesaria una visita guiada. Al menos, no a estas horas.

–Bien. Entonces, sígueme. Te mostraré dónde dormirás –indicó ella, y subió las escaleras, seguida por él. Se detuvo para sacar una sábana y una manta de un armario–. Seguro que sabes hacer la cama –indicó, tendiéndoselas.

Jude estaba segura de que César no sabría hacer una cama. Como Fernando, nunca habría tenido que hacer ninguna tarea doméstica en su vida.

Le hubiera gustado poder observar sus toscos intentos, pero lo dejó sólo un momento y, cuando volvió a mirar, la cama estaba perfectamente hecha.

—¿Está bien así? —preguntó él con una sonrisa.

Jude se sonrojó.

—El baño es la puerta de al lado y tenemos que compartirlo. Así que, si yo estoy dentro, tendrás que esperar tu turno —señaló ella, y se sonrojó de pronto al ver que él comenzaba a desabotonarse la camisa—. Te dejaré una toalla.

—¿Y todos estos dibujos? —preguntó él.

Jude se quedó con la boca seca al ver el musculoso torso de él al descubierto.

—¿Eres artista? —inquirió él, tomando uno de una pila de dibujos sobre la mesa.

Jude le arrancó el dibujo de la mano.

—Soy diseñadora —repuso ella—. Sólo hago dibujos de vez en cuando como pasatiempo.

—Bien, bien, bien. Diseñadora. Interesante.

—Sí, así es.

—Lo que quiero decir es que es interesante que tengas un trabajo decente. La mayoría de las mujeres que se han relacionado con mi hermano no lo tenían. La última que tuve la fortuna de conocer tenía algo así como el inicio de una carrera como modelo.

Jude intentó no pensar en su amiga Imogen. ¿Qué pensaría César de una mujer que había trabajado haciendo striptease?, se preguntó con un escalofrío. Imogen había terminado ganándose la vida en un club nocturno para ahorrar lo suficiente para poder terminar sus estudios de maestra.

—Naturalmente, di por hecho que aquella relación no tenía ningún futuro —continuó César.

—¿Por qué? —preguntó ella, incómoda, pensando en su amiga embaraza—. Ser modelo no tiene nada de malo…

—Una modelo con mi hermano es como una buscavidas tratando de atrapar al ganso de los huevos de oro.

—Ésa es una forma de pensar muy cínica.

—Se llama vida real. Otra realidad es que me gustaría hacer todo lo posible para asegurarme de que nadie se aprovecha de mi hermano. Me parece bien que tenga aventuras con mujeres, siempre que no vayan más allá. Cualquier mujer poco decente que quiera cazar a mi hermano… tendrá que vérselas conmigo —explicó él, pensando que era mejor dejar las cosas claras.

—Bueno, gracias por la información - repuso ella con frialdad—. Siempre está bien saber lo que piensan los demás, aunque no estés de acuerdo con ellos. Lo cierto es que adivino que a ti te importa un pimiento que la gente esté de acuerdo o no contigo.

—¡Así es! —repuso él y, con un rápido movimiento, se quitó la camisa del todo.

Ella se quedó mirándolo como si nunca en su vida hubiera visto a un hombre medio desnudo.

—Vas a dormir…. ¿Qué te vas a poner en la cama? —balbuceó ella.

—Lo que suelo ponerme —respondió él, mirándola sorprendido—. La ropa que llevaba cuando nací. Es muy cómoda.

Jude lo imaginó durmiendo desnudo, con sólo un pequeño cuarto de baño separando sus dormitorios, y sintió que se iba a desmayar. Por supuesto, no le caía bien y desaprobaba todo lo que él había dicho, pero no podía sacarse de la mente la imagen de aquel cuerpo fuerte y musculoso.

—¡Te traeré algo!

—¿Tienes ropa de hombre en tu casa?

Jude no respondió, salió de la habitación y reapareció dos minutos después. Le lanzó a la cara una camiseta. Era lo bastante grande. De color fucsia brillante.

—Esto te quedará bien —dijo ella, riéndose para sus adentros—. ¡Buenas noches!

Capítulo 2

A LAS SEIS y media de la mañana siguiente, había dejado de nevar y el paisaje del exterior parecía sacado de una postal de invierno. Muy bonito, pensó Jude, pero nada útil para sacar a su invitado de la casa, en quien no había podido dejar de pensar en toda la noche. Él nunca debió haber mencionado que dormía desnudo. Desde que lo había hecho, ella no había podido sacarse de la cabeza su imagen sin ropa. No había pegado ojo.

El eficiente sistema de calefacción de la casa se había encendido una hora antes y el ambiente estaba caldeado. Y silencioso.

Jude salió de su dormitorio y pensó que no iba a utilizar el cuarto de baño para no despertar a su invitado. Había decidido, durante la noche, que cuanto menos contacto tuviera con él, mejor. César la molestaba y, por muy bien que le cayeran Freddy e Imogen, no quería dejarse molestar por un extraño.

Él se levantaría en cualquier momento, por supuesto, se dijo Jude. Pero esperaba poder tomar antes una taza de café en paz.

Bajó las escaleras sin hacer ruido y suspiró aliviada cuando se encontró a solas y a salvo en la cocina.

Como todo lo demás en la cabaña, la cocina era pequeña pero bien proporcionada. Tenía dos vigas de madera en el techo y una mesa antigua de pino.

Justo cuando iba a servirse una taza, oyó una voz detrás de ella.

—Estupendo. Yo también tomaré café.

Del susto, Jude derramó el agua hirviendo y gritó de dolor al quemarse la muñeca.

—¿Te has hecho algo? —preguntó él, acercándose de inmediato.

—¿Qué estás haciendo aquí abajo? —preguntó ella a su vez, molesta por ver invadida su privacidad.

—Muéstrame la mano.

—Sé cuidarme —repuso ella, y se giró, con el corazón acelerado.

Jude puso la mano bajo el agua fría y César se apresuró a su lado, para sujetarle el brazo. Luego, se lo secó con uno de los paños limpios que había sobre el mostrador.

Ella observó hipnotizada cómo se movían aquellos dedos largos y morenos sobre su piel. El masculino aroma de él la envolvió, haciéndola sentir mareada.

—Patosa —murmuró César.

—Me has dado un susto de muerte —protestó ella—. ¡No esperaba que estuvieras espiándome a estas horas de la mañana! ¡Eres un invitado! ¡Los invitados se quedan en la cama hasta que es una hora apropiada para salir!

—Soy una persona madrugadora. Me levanto con el alba —repuso él, y la guió hasta una silla—. ¿Tienes crema antiséptica? ¿Vendas?

—Estaré bien en cuanto me devuelvas mi mano.

—Tonterías. Y, como tú has dicho, ha sido culpa mía.

Jude no pudo mostrarse en desacuerdo. Le indicó dónde guardaba su botiquín de primeros auxilios y observó en silencio mientras él le vendaba la mano, tratándola con mucha más atención de la que la quemadura merecía. De pronto, en medio del proceso, ella cayó en la cuenta de cómo iba vestida. Llevaba una camiseta grande que le llegaba a la mitad de los muslos y nada más. Sin duda, una imagen desaliñada a los ojos de un hombre que, como él le había dicho la noche anterior, no aprobaba ni los pantalones vaqueros.

Jude se encogió para ocultar sus pezones erectos mientras él le daba los últimos retoques al vendaje.

—Ahora quédate aquí y yo terminaré lo que has empezado.

—¿Para qué te has levantado tan temprano? ¿Cuánto tiempo llevas despierto?

—Oh, sólo he conseguido dormir un par de horas —respondió César, dándole la espalda mientras servía dos tazas de café—. Quizá fue por la novedad de dormir con una camiseta fucsia.

Jude se relajó al imaginarlo con ese aspecto tan ridículo. Si él hubiera llevado la camiseta fucsia en ese momento, seguro que no se habría sentido tan excitada.

—Entonces, intenté hacer funcionar mi Internet pero no lo conseguí —continuó él, y colocó una taza sobre la mesa junto a ella.

—Puede que la línea telefónica se haya estropeado. A veces, pasa cuando cae tanta nieve. Un sistema un poco peculiar.

Como su dueña, pensó César. Había tenido tiempo de pensar las cosas y había llegado a la conclusión de que no iba a conseguir nada interrogándola. Era obvio que era tan testaruda como una mula y, por lo visto, dada a responder de forma agresiva. Era mejor guardar sus armas y utilizar otros recursos diferentes para averiguar cuál era exactamente su papel en la vida de Fernando.

—Luego decidí hacer algo productivo, así que estuve revisando el coche.

—¿Y lo arrancaste?

—Lo arranqué pero no pude moverlo. La nieve es muy profunda.

—¿No podrías haberla quitado? Eres un hombre fuerte. Los hombres hacen cosas así.

—Claro, si quisiera pasar ocho horas fuera con un frío helador. Y tengo más malas noticias. El cielo no tiene buen aspecto y los informes meteorológicos dicen que nevará más en las próximas veinticuatro horas.

—¡No puede ser! —protestó ella.

—Es lo malo de vivir en esta parte del mundo. En Londres ha nevado en ocasiones muy contadas.

—¿Cómo puedes estar tan… tranquilo con todo esto?

—¿Por qué enojarse y molestarse por algo que no puedo controlar? —replicó él, aunque antes, al darse cuenta de que no funcionaba Internet, había soltado unas cuantas maldiciones por la imposibilidad de comunicarse con su trabajo.

—¡Porque vives para trabajar! ¡Sólo te falta poner una cama en tu despacho!

—¿Y tú cómo sabes eso?

–Freddy me lo dijo –contestó Jude y, de inmediato, se arrepintió de sus palabras–. Sólo lo mencionó de pasada –añadió, para intentar arreglarlo.

–Parece que vosotros dos tenéis una relación muy íntima… para ser sólo profesional…

–Nunca dije que fuera sólo profesional…

–Pero me dijiste que estabas trabajando en un proyecto con él.

–Lo estoy. Estaba. Estoy.

–¿Tiempo pasado o presente? Y no me has explicado en qué consiste ese proyecto.

–Te dije que eso es algo que sé que Freddy quiere contarte –señaló ella, y recordó que su papel era apoyar a Freddy siempre que tuviera la oportunidad–. Es un proyecto muy emocionante.

–Pues me muero de ganas de saber de qué trata. Si es idea de mi hermano menor, seguro que no irá a ninguna parte. Nunca ha tenido mucho ojo para los negocios.

César se terminó su café y acercó una silla para poner los pies sobre ella, algo que hizo con demasiada naturalidad para estar en casa de otra persona, observó Jude.

–Así que te ha contado que soy un adicto al trabajo, ¿verdad? ¿Mientras hablabais del proyecto misterioso?

–Lo dices como si fuera un crimen ser amiga de Freddy.

–Es sólo curiosidad. ¿Primero erais amigos y luego surgió el proyecto o al revés? ¿Cómo os conocisteis?

Jude lo miró con cautela. Se dio cuenta de que él trataba de sacarle información poco a poco.

–Soy diseñadora –farfulló ella, intentando pensar cómo podía evitar revelarle que había conocido a Freddy a través de Imogen–. Y él necesitaba que lo ayudara con algo…

–Ah, sí. Eso de lo que quiere hablarme. Y, en ese punto, ¿ya conocías a Fernando en profundidad?

–¡Sabía que tus preguntas iban a parar ahí!

–¿Se me nota tanto? –preguntó él, con indiferencia.

–¡Sí! Aunque está claro que te da igual. Tengo que ir a cambiarme –exclamó ella, y se levantó.

César se quedó mirándola tranquilamente, como si tuviera todo el tiempo del mundo para conseguir la respuesta que quería.

–Por favor, no me lo tengas en cuenta –dijo César con lentitud, recorriendo con la mirada las largas piernas de ella.

Para tener el cabello moreno y los ojos oscuros, Jude tenía la piel extraordinariamente blanca y parecía suave como el satén, pensó César, que estaba acostumbrado a mujeres encurtidas en maquillaje. Jude no llevaba ninguno y tenía el rostro limpio y radiante. Tenía unas cuantas pecas sobre la nariz y se la imaginó de niña, subiéndose a los árboles y jugando a juegos de niños.

–No había pensado en casarme con tu hermano para poner las manos en su dinero –puntualizó ella–. ¡Y no consiento que pagues mi hospitalidad insultándome!

–¿Cómo?

–Podría haberte… dejado que encontraras un hotel tú solo en Canterbury –repuso ella, aunque sabía que lo había ayudado no sólo por cuestión de hospitalidad, sino en respuesta a la mirada de socorro que Freddy le había lanzado, quien a toda costa había querido evitar que su hermano hubiera ido a su apartamento–. Podrías haber acabado atrapado bajo la nieve con ese estúpido coche tuyo.

–¿Estúpido coche?

–No soy una buscona. ¡Ni siquiera soy materialista! –exclamó ella–. No creo que el dinero pueda dar la felicidad. ¡Más bien al contrario! He trabajado con un montón de gente rica que se siente muy desgraciada. Es más, ¿acaso tú eres feliz por trabajar a todas horas para acumular más dinero del que podrías gastar en toda una vida? Freddy dice que te entierras en tu trabajo porque nunca te recuperaste de… –empezó a añadir, y se interrumpió, poniéndose colorada y tapándose la boca con la mano.

–¿De qué?

–Nada.

–¿Qué te dijo mi hermano?

–¡Ahora tengo que ir a cambiarme! –dijo Jude, y salió de la cocina.

¿Cómo había podido ser tan inconsciente?, se reprendió a sí misma. ¿Cómo había podido ponerse así sólo porque aquel extraño la había acusado de ser una cazafortunas? ¿Por qué no se había encogido de hombros y lo había ignorado sin más? ¿Qué más le daba a ella lo que él pensara?

Jude se encerró en el baño y se apoyó en la puerta unos segundos, con los ojos cerrados, antes de meterse bajo la ducha.

Se sintió mucho mejor después de ducharse y, sobre todo, después de cambiarse su camiseta de dormir por unos vaqueros y una blusa ajustada. ¡Por alguna extraña razón quería mostrarle a César que, al menos, tenía una bonita figura!

El olor a beicon frito la recibió en las escaleras y su estómago protestó, hambriento. César estaba cocinando y parecía más acostumbrado a hacerlo de lo que ella había esperado.

Jude lo observó en silencio, mientras él ponía la tostadora y batía unos huevos.

—Huiste antes de poder contarme qué otras curiosidades ha compartido Fernando contigo —dijo César, sin volverse.

—Lo siento —se disculpó ella, y se sentó a la mesa.

Jude miró la cara de su invitado, un rostro definido y bello. Un retrato que cualquier artista querría pintar. Él se había remangado la camisa hasta los hombros. Sus manos eran fuertes y grandes.

—Te dije que te habías pasado al insultarme en mi propia casa. Y yo me he pasado al sacar un tema que no es asunto mío. ¿Podemos dejarlo? ¿Podemos pelearnos por otra cosa?

—Supongo que te habló de Marisol —replicó él, refiriéndose a su difunta esposa.

—Lo siento mucho.

—¿El qué? —preguntó él, y la miró a los ojos.

—Como he dicho, no es asunto mío.

—Tienes razón. No lo es —repuso él—. Pero si te interesa el tema, no tienes más que buscar la información en Internet.

¿Sería cierto que no se había recuperado?, se preguntó César. ¿Era eso lo que murmuraba la gente a sus espaldas? Nunca nadie se había atrevido a decirle nada, ni siquiera su tío de Madrid, a quien estaba muy unido. El mero pensamiento de que la gente opinara sobre su estado de ánimo le hizo apretar los labios, enojado. Pero no tenía sentido descargar su rabia contra la mujer que tenía delante. Nunca había dejado que las opiniones de los demás le afectaran y no iba a empezar a hacerlo.

Su esposa, Marisol, había sido de complexión delicada y rubia. Nada más verla, a la edad de dieciocho años, él se había quedado prendado. Su unión había contado con la aprobación de sus padres y los de ella. Durante el breve tiempo que habían compartido antes de que Marisol muriera, habían sido muy felices. Ella había sido la mujer más dulce del mundo. Cocinaba de maravilla y no se quejaba nunca. Había sido una mujer nacida para ser protegida y cuidada y él se había sentido feliz de poder hacerlo. ¿Qué hombre no lo haría, a cambio de una tranquila vida doméstica?

Desde la muerte de Marisol, César siempre se había sentido atraído por el mismo tipo de mujer. Bella y obediente. Por desgracia, las relaciones se rompían siempre cuando él empezaba a aburrirse. ¿Significaría eso que nunca se había recuperado? ¿Que no podía vivir su vida con plenitud a causa de una tragedia que había ocurrido hacía diez años?

César frunció el ceño al darse cuenta de que Jude lo estaba mirando y se dijo que era difícil encontrar una mujer menos dulce que aquélla.

–Deja de mirarme con compasión –dijo él.

–No te estoy mirando con compasión. Sólo me estaba preguntando por qué no te habías vuelto a casar.

–¿Y tú? –replicó él, y siguió preparando el desayuno.

–Yo he besado unas cuantas ranas y estoy esperando a que llegue mi príncipe.

–¿Y cuántas ranas has besado?

–He perdido la cuenta.

Jude recordó, para sus adentros, cómo sólo en una ocasión había creído encontrar al hombre de su vida. Había sucedido hacía tres años y había terminado de forma amistosa, porque él le había dicho que no era su pareja soñada y que prefería que fueran sólo amigos. Ella nunca le había preguntado la razón y se había guardado las lágrimas para llorar a solas.

No tenía ninguna intención de contarle nada de aquello a César. Sin embargo, se sintió agradecida porque él no la estuviera mirando porque, por alguna extraña razón, tenía la sensación de que aquel hombre podía leerle la mente.

–¿Tantos?

–Sí, tantos.

–¿Y cómo es que ninguna de esas ranas resultó ser el príncipe? –quiso saber César, y colocó un plato de beicon con huevos delante de ella.

–¿Por qué tú sabes cocinar y hacer la cama y tu hermano, no?

–¿Pretendes cambiar de tema? –replicó él, sentándose a la mesa–. Me gusta poder hacer las cosas por mí mismo, como cocinar o limpiar, aunque no tendría por qué hacerlo.

–Bien. En ese caso, podrás prepararte lo que quieras en mi casa si no puedes volver a la ciudad hasta dentro de un par de horas… –dijo Jude, y miró por la ventana hacia la tormenta de nieve que parecía estar empeorando–. A mí no se me da muy bien ninguna de las dos cosas. No me interesan mucho.

César soltó un gruñido de desaprobación. Pobre Freddy, pensó Jude, era una desgracia tener un hermano tan crítico.

–Supongo que eres uno de esos hombres tradicionales que piensan que las mujeres deberían estar encadenadas a la cocina o cantando una canción mientras pasan la aspiradora por la casa –sugirió ella.

–Admito que tengo una visión muy tradicional en lo que se refiere al sexo opuesto. ¿Vas a darme un discurso feminista? Porque pareces muy susceptible con el tema.

–Claro que no soy susceptible con el tema –protestó ella, y pensó en James, su antiguo novio, quien al poco de dejarla se había casado con una rubia y estaba a punto de convertirse en padre.

–La mayoría de los hombres son muy convencionales –afirmó él–. Fernando incluido.

–¿Estás tratando de prevenirme, por si le había echado el ojo? –le espetó ella, y se levantó, con el plato en la mano, hacia el fregadero.

César se puso a recoger el resto de la mesa. Jude pensó que, en un mundo ideal, él se habría quedado sentado, después de disfrutar del opíparo desayuno preparado por su esposa, quien limpiaría la cocina sin pedir ayuda y le llevaría el periódico al sillón. De pronto, sintió curiosidad por qué tipo de mujer le gustaría. Freddy le había contado que su hermano siempre tenía mucho éxito con las féminas.

–Tal vez Freddy no es tan convencional como tú crees –dijo ella.

César la miró y ella le dedicó una misteriosa sonrisa. Lo cierto era que Freddy había encontrado a su media naranja. Imogen, a pesar de su forma de ganarse la vida en el pasado, era una mujer de lo más tradicional y femenina. Las muñecas Barbie habían sido sus favoritas a los siete años, el rosa su color preferido a los trece y era una cocinera excelente. Mientras que Jude había estado jugando al fútbol con los chicos, su mejor amiga había estado probando un maquillaje nuevo.

–¿Qué quieres decir?

–Quiero decir que no le reconoces a tu hermano lo que hace bien –señaló Jude, que había visto a Freddy explicando con gran lucidez sus ideas sobre el club de jazz a los demás socios. También lo había visto comenzar a hacer realidad sus planes sin titubeos.

–Conozco a Fernando mejor de lo que crees –afirmó César. ¿O no?, se preguntó a sí mismo. ¿Se sentiría atraído Fernando por una exasperante fierecilla como aquélla? ¿Una mujer que decía todo lo que pensaba sin importarle las consecuencias? ¡Fernando nunca podría manejar a una mujer así!, se dijo. Se sintió molesto por no poder discernir qué era exactamente lo que se ocultaba detrás de esa Jude.

–¿A pesar de que nunca lo ves?

–No veo a mi hermano porque no tengo tiempo –dijo él, y la miró con gesto exasperado–. Sí, trabajo mucho. Cuando me hice cargo de la compañía, el negocio estaba sumido en una crisis interna. Yo le di estabilidad y lo convertí en una corporación del siglo XXI. ¡Hacer eso no es compatible con estar en la playa del Caribe tomando cócteles o esquiando en Los Alpes! –exclamó, y la miró, mientras ella fregaba los platos–. Mi hermano nunca se ha propuesto ningún reto. Y eso incluye su mal juicio a la hora de elegir pareja.

–¿Tú elijes mejor?

César tardó en responder, lo que le dio a Jude la información que buscaba.

–Mi elección de pareja no es la cuestión.

–Deberías darle a Freddy una oportunidad. Se siente…

–¿Se siente qué? Soy todo oídos.

–Inadecuado en comparación contigo. Siente que lo repruebas porque no ha seguido tus pasos. Si tú lo decides, se quedará sin su herencia y ésa no es una sensación agradable.

–Él te ha contado todo esto, ¿no es así? ¿O lo has averiguado tú sola después de un año de relación?

–Me lo ha contado.

–¿Te has acostado con él?

–¿Qué?

–Me has oído. Está claro que estás acostándote con Fernando, porque esas conversaciones que mantenéis son muy significativas.

–Nuestras conversaciones son normales –repuso ella, poniéndose roja–. La gente normal habla de cómo se siente por las cosas, de sus sueños y esperanzas… –añadió, pensando en todas las conversaciones que había tenido con Freddy e Imogen, mientras cenaban y tomaban unas copas de vino en el apartamento de Freddy.

–No me has respondido a la pregunta.

–No, no me he acostado con tu hermano. Aunque eso no es asunto tuyo.

–Dime algo… Ya que estás tan unida a Fernando y pasáis horas contándoos vuestras cosas, ¿por qué tiene tantas ganas de ponerle las manos encima a su herencia precisamente ahora? Lleva años viviendo feliz con la paga mensual que recibe por no hacer nada en absoluto…

–Por su proyecto –señaló ella.

César siempre había seguido la pista a su hermano a través de sus facturas, que Fernando solía enviarle a él para que las pagara. Siempre había sabido en qué se lo había gastado y qué relaciones había tenido, pues Fernando solía derrochar el dinero con sus novias, en vestidos caros y diamantes, viajes a países exóticos, estancias en los hoteles más caros.

Fernando le había contado a Jude que César se sentía responsable de vigilar sus relaciones y estaba empeñado en proteger la fortuna de la familia de mujeres inapropiadas. Tener el control de su herencia era la única manera en que Fernando podría conseguir la independencia de su hermano.

–Si apruebo el plan que Fernando tiene en mente, estaré encantando en invertir en ello. Sería para mí un alivio dejar de preocuparme porque mi hermano malgaste todo su dinero. ¿Y te dijo por qué tiene tanta prisa?

Jude fingió pensarlo, negó con la cabeza y se encogió de hombros.

–Supongo que sólo quiere tomar las riendas de su vida. Tiene casi veinticinco años…

–Un viejo.

–Tú eras más joven cuando te hiciste cargo de tu imperio o como lo llames.

–Era responsable.

–Claro. Qué tonta he sido por no caer en la cuenta.

–Yo no tenía una vida sexual hiperactiva con una gran variedad de mujeres. Ni derrochaba el dinero en placeres pasajeros sin pensar en el futuro. Tengo que confesar que soy extremadamente cauto...

Contra su voluntad, Jude sintió la misma excitación que no le había dejado dormir la noche anterior.

–Creo que... deberíamos pensar qué vamos a hacer hoy –propuso ella, cruzándose de brazos–. Es verdad que sería una tontería intentar desenterrar el coche de la nieve, sobre todo cuando sigue nevando. Pero no es necesario que estemos todo el tiempo pegados.

–Deberías ir a un cursillo para aprender a ser una buena anfitriona.

–Tengo trabajo que hacer. En mi despacho. Bueno, una pequeña habitación junto al cuarto de estar que utilizo como despacho. Tú puedes...

–¿Desaparecer de tu vista? –le espetó él, preguntándose si sería cierto que no había nada sexual entre su hermano y ella. Si era verdad, ¿por qué se ponía tan nerviosa en su presencia?

César la miró escrutador. Jude estaba un poco sonrojada, con los brazos cruzados sobre el pecho. Un gesto de protección, pensó. Él sabía que podía resultar intimidante y le gustaba. A menudo, le servía para mantener a la gente a distancia.

Quizá era eso, se dijo César. Tal vez, ella se sentía intimidada y, después de todo, él era un intruso en su casa. O, quizá, esas conversaciones susurradas entre su hermano y ella escondieran algo bajo la superficie y fueran la causa de que ella se pusiera tan nerviosa.

La última posibilidad que se le ocurrió le produjo cierta satisfacción. Podía ser que Jude se pusiera nerviosa por una razón muy comprensible. Eran un hombre y una mujer, solos. Y, por lo que él había podido comprobar, ella era muy pasional. ¿No podría ser simplemente eso?

Capítulo 3

LLEGÓ la hora de comer antes de que Jude saliera de su despacho, donde había estado haciendo esbozos para el diseño de un ático que, según la pareja que la había empleado, debía tener el aspecto de estar cerca del mar.

Lo primero que vio fue a César, sin camisa, junto a un montón de leña, frente a la chimenea encendida.

–Es por si se va la luz –explicó él–. Todo es posible.

Jude asintió. Ver la piel desnuda de César, brillando ante el fuego, le pareció una escena demasiado íntima. Él la miró con inocencia y se levantó para ojear por la ventana, hacia el cielo gris.

–Sigue sin funcionar Internet, así que he pensado que no te importaría que me pusiera cómodo. ¿Has podido trabajar?

–¿Trabajar?

–¡Llevas ahí metida cuatro horas!

Jude pensó en los esbozos que había tirado a la papelera porque sus pensamientos no le habían dejado concentrarse.

–Sí, me ha cundido mucho –mintió ella, y entró en el cuarto de estar.

–He apagado la calefacción central en esta habitación –informó él–. Espero que no te importe.

A César le habían mirado muchas mujeres en su vida. Pero no como aquélla. Jude lo miraba como si no quisiera hacerlo y, al mismo tiempo, no pudiera evitarlo. Era intensamente erótico. Mientras ella había estado en su despacho, se había lavado a mano la camisa, los calcetines y los calzoncillos. En ese momento, la desnudez que guardaba bajo la cremallera del pantalón amenazó con hacerse demasiado obvia.

–¿Cómo supiste dónde estaba la leña?

–Una pequeña cabaña en la parte trasera de la casa. Muy fácil –contestó él, y le dio la espalda, con la esperanza de que su erección bajara.

–Bueno, gracias pero no hacía falta. La calefacción es muy eficiente. ¿Te traigo algo que ponerte? ¿Una de mis camisetas?

–No creo que me valgan. A menos que sea una de ésas que utilizas para dormir –dijo él con voz ronca.

Sin contestar, Jude corrió escaleras arriba y buscó en los cajones de su ropero. Cuanto antes se cubriera él, mejor. Se dijo que se habría quitado la camisa porque hacía mucho calor junto al fuego, sobre todo después de haber estado cortando leña. No quiso reconocer que su torso desnudo estaba provocándole todo tipo de pensamientos indeseados.

–Bueno, al menos no es rosa –dijo él, y agarró la camiseta que ella le tendía, rozándole la mano–. Mi orgullo masculino no lo habría soportado.

–¿Soportar qué? –preguntó ella, forzándose a no mirarlo por debajo del rostro, a ese musculoso torso con vello moreno.

–Estar en público con ropa de chica –respondió él, sonriendo.

–Los hombres de verdad no le temen al rosa –replicó ella de forma automática.

–Créeme, yo soy un hombre –repuso César, sin dejar de mirarla a los ojos.

–Tengo que ir a preparar algo de comer. Debes de estar exhausto después de pasar toda la mañana cortando leña. Tengo algo de… pasta –balbuceó Jude, dando un paso hacia la cocina–. Te advierto que no soy muy buena cocinera, pero sé hacer espaguetis a la carbonara.

Jude no pudo evitar fijarse en cómo la camiseta azul que él se había puesto acentuaba sus bíceps y su musculoso abdomen.

–Espaguetis a la carbonara…, me parece bien. Tengo mucha hambre, pero no he querido rebuscar comida en tu cocina. Sé que a las mujeres no les gusta eso… Me sorprende que puedas trabajar con la mano vendada.

–No me duele –afirmó ella, moviendo los dedos para demostrarlo–. Exageraste un poco con la venda.

¿No sabes que no hay nada que le guste más a un hombre que una damisela en apuros?

–No soy una damisela en apuros. Espérame aquí. Yo preparé la comida –se apresuró a decir ella.

Jude debería haber adivinado que su orden iba a tener el efecto contrario. César apareció en la cocina al poco tiempo, mientras ella estaba deliberando si quitarse la venda para poder cortar mejor las cebollas.

–Deja que te ayude.

Jude se puso tensa, pero no lo miró. César le quitó el cuchillo de la mano y comenzó a cortar la cebolla como un experto. Le pidió a ella que sirviera dos vasos de vino, pues tenía que aprovechar la oportunidad de tomar alcohol a la hora de comer, algo que rara vez se permitía.

Con su propio comentario, César se sorprendió al darse cuenta de que apenas disfrutaba de su tiempo de ocio. Había cenado y bebido con muchas mujeres en su vida, pero el resultado final siempre había estado escrito, incluso antes de la primera cita.

Aquello era diferente. César no estaba allí por voluntad propia, pero se percató de que, al no tener la posibilidad de distraerse trabajando, estaba disfrutando al cortar cebollas y hacer una tarea doméstica al lado de una mujer. No era el tipo de cosas que solía hacer con las mujeres. Sólo las llevaba a restaurantes caros y a teatros y les hacía el amor en su cama gigante.

Cuando terminó con las cebollas, César la miró y levantó el vaso de vino a modo de saludo.

–¿No te aburres aquí encerrado? Supongo que no es lo que acostumbras a hacer los fines de semana.

–No.

–¿Qué sueles hacer? –inquirió ella, sin poder contener su curiosidad.

–Trabajo durante el día y me divierto por la noche. A veces, me salto lo de la diversión.

–¿Con qué te diviertes? –quiso saber ella, y se sonrojó de inmediato por su propia pregunta, pero el vino le había soltado la lengua. Había comenzado a entender por qué César tenía tanto éxito con las mujeres. Empezó a apreciar que había una persona compleja, inteligente e ingeniosa debajo de esa apariencia tan masculina y atractiva.

César confesó que llevaba casi seis meses sin divertirse con nadie. Cuando llegó su turno, Jude tuvo que admitir que ella llevaba mucho más tiempo sin tener pareja. Sin darse cuenta, empezó a hablarle de su antiguo novio, algo que no solía contarle a nadie, ni siquiera a su amiga Imogen.

–Ésa es mi historia. Es verdad que los hombres son bastante predecibles respecto al tipo de mujer que prefieren. Y yo no soy de ese tipo.

Por alguna extraña razón, César sintió un aguijón de rabia contra el extraño que le había roto el corazón a Jude.

–Es mejor que me calle ya, antes de que me ponga a gimotear –bromeó ella, y se levantó para empezar a poner la mesa–. Creo que he bebido demasiado vino. Si tomo un vaso más, tendrás que tener cuidado. Cuando estoy borracha, empiezo a ponerme llorona y a sentir lástima de mí misma.

–Tengo hombros anchos sobre los que llorar.

–Ya me he dado cuenta.

Un eléctrico silencio invadió la cocina. A pesar del vino que había bebido, Jude se dio cuenta de que se le había escapado algo que debía haber permanecido oculto.

César la miraba con intensidad.

–Cuando estabas… alimentando el fuego… –comenzó a decir ella, deseando que se la tragara la tierra–. No suelo ver a hombres medio desnudos en mi casa…

–No, desde hace años.

–No debí haberte contado eso –protestó ella, y llevó la cazuela a la mesa.

–¿Por qué lo dices?

–¿Decir qué?

–Que no debiste haberme hablado de tu ex.

–Porque no necesito que ni tú ni nadie utilice la información en contra mía. No necesito que nadie me tenga lástima. Decidí tomarme un tiempo sin pareja después de lo de James y no me avergüenzo por ello –le espetó ella.

–Lo amabas mucho, ¿no?

–Me importaba. Si no, no habría estado con él dos años.

–¿Estabas con él con la esperanza de que la relación terminara en matrimonio?

–Supongo que sí.

–¿Y nunca intuiste que algo fallaba?

–No quiero hablar de ello, de verdad.

–Me parece justo. Aunque…

–¿Aunque qué?

–Estamos aquí atrapados –dijo él, y se encogió de hombros–. Con un poco de conversación se pasa mejor el tiempo. El teléfono tampoco funciona, ¿sabes? No podemos hablar con nadie más. Tampoco puedo usar mi móvil porque no tengo cargador y quiero conservar algo de batería.

–¡No puede ser! –exclamó ella, y descolgó el teléfono. Comprobó que así era–. No funciona.

–Ajá. He podido llamar a Fernando desde mi móvil y le he dicho que estoy bien, pero que mi coche está atrapado por la nieve. Te alegrará saber que no le he mencionado que he pasado aquí la noche. Si no tenemos Internet, ni teléfono y acceso limitado al móvil, ¿qué otra opción hay aparte de hacernos compañía el uno al otro?

–¿Es por eso por lo que has empezado a comportarte con un poco más de amabilidad? –inquirió ella, sintiendo un poco de vértigo por el vino que corría por sus venas, mezclado con el hecho de estar a solas con él, mientras él le sonreía.

—Me intriga que te sientas en posición de psicoanalizar mi relación con las mujeres como reacción a la muerte de mi esposa hace doce años y, sin embargo, no seas capaz de ver que tu exilio de los hombres es tu respuesta a una relación fracasada —señaló César, y siguió comiendo—. ¿No comes?

—Me he quedado sin apetito.

—¿Porque te sientes incómoda hablando de un tipo que te dejó tirada? No soy el monstruo que crees que soy ni me estoy riendo de ti porque hayas elegido el celibato durante un tiempo –afirmó él, y se percató sorprendido de que, por primera vez desde hacía mucho, estaba sintiendo interés por el terreno emocional de una mujer y no meramente el físico. Sus relaciones con el sexo opuesto solían ser siempre muy superficiales.

—De acuerdo, quizá soy un poco cauta con los hombres, tal vez no me gusta intimar demasiado. De hecho, tu hermano es el primer hombre con el que me he sentido cómoda desde hace siglos —admitió ella. Freddy estaba demasiado enamorado de Imogen y, por eso, podía estar con él y ser su amiga sin preocuparse porque pudiera haber nada más entre ellos.

—¿De veras? –preguntó él, observando cómo Jude sonreía.

—Sé que has tenido tus diferencias con Freddy, pero te sorprenderá descubrir lo práctico que puede ser cuando quiere.

—Práctico… –repitió César, y se dijo que aquello era una buena recomendación sobre su hermano.

César se levantó y le dijo a Jude que se fuera al cuarto de estar y se pusiera cómoda. Para no malgastar la candela.

–Tengo que ayudarte a recoger.

–Eres una inválida.

–Ah, sí, claro, una damisela en apuros –dijo ella, y se miró la venda–. Estoy empezando a comprender que no he jugado bien mis cartas. Quizá, en vez de intentar ser independiente debería haber estado ensayando mi caída de pestañas y dejando caer pañuelos al suelo para que los hombres se tiraran a mis pies, ansiosos por ayudarme.

–Quizá deberías –comentó él, fijándose en las largas pestañas de su anfitriona.

Cuando Jude se hubo ido de la cocina y César se vio a solas con la pila de cacharros sucios, tuvo tiempo para pensar. ¿Qué significaría aquella mirada soñadora que ella había mostrado mientras había alabado a su hermano? Los pensamientos que había estado teniendo la noche anterior tomaron forma.

Jude no se había acostado aún con Fernando, se dijo César.

Entonces, le pareció más obvio lo que Fernando representaba en ese rompecabezas. Su hermano no estaba con nadie por el momento. César lo sabía porque Fernando llevaba tiempo sin gastar el dinero en joyas o en caros fines de semana.

César se apoyó en el fregadero y miró por la ventana. Afuera seguía nevando. Cada vez le resultaba más claro que Jude estaba interesada en su hermano. Lo había visto en la expresión de su cara cuando había hablado de él y lo había notado en el tono de su voz.

Ella le había dicho que no era materialista, pero eso era algo que no podía ser creído al pie de la letra, se dijo César. A la gente le gustaba alardear de la vida en libertad pero, si les mostrabas un buen fajo de billetes, cambiaban de opinión en un momento.

¿Querría Jude convertir su amistad con Fernando en una relación que le diera seguridad financiera para el resto de su vida?

Al pensar en ello, César se sintió incómodo e irritado. Jude parecía también interesada en que Fernando consiguiera su herencia. ¿Cuántas veces le había mencionado lo maravilloso y responsable que era su hermano? Por supuesto, era posible que hablara bien de él sólo porque eran amigos y nada más. Por otra parte, podía hacerlo impulsada por motivos mucho más sospechosos.

Sin embargo, se dijo que su hermano y ella no se habían comportado en el club como un hombre y una mujer en medio de un apasionado romance. Se habían susurrado algunas conversaciones y habían compartido algunas miradas furtivas, pero no se habían tocado ni habían desaparecido de la vista juntos de forma misteriosa.

¿Sería Jude una cazafortunas? Y, si lo fuera, ¿era eso asunto suyo?, se preguntó César, y se dijo que, tal vez, lo que haría sería dar a Fernando acceso total a su herencia y dejarle que se las arreglara solo. ¿O sería mejor no dejarle tocar la herencia y proteger los intereses financieros de su hermano? En ese caso, ¿hasta cuándo?

César frunció el ceño, sin poder dar con una respuesta a sus propias preguntas. De pronto, se dio cuenta de que deseaba a Jude. Era algo instintivo.

Un sentimiento que desafiaba a la lógica y lo tomó por sorpresa, pero estaba claro.

Cuando se dirigió al cuarto de estar, encontró a Jude sentada en un sofá, frente a la chimenea, con una revista en la mano. Aunque no era de noche todavía, había encendido las luces.

César se sentó en el extremo opuesto del sofá.

—¿Te molesta no poder comunicarte con nadie? —preguntó ella para romper el silencio, pues se estaba poniendo nerviosa por el modo en que él la miraba.

—Me estoy acostumbrando. Puede que tenga que empezar a tomarme descansos de vez en cuando sin llevarme el portátil ni el teléfono.

—Pero sí una muda de ropa.

—Eso se puede arreglar. He lavado mis calzoncillos y me gustaría ponérmelos y meter los pantalones en la lavadora, pero si te parece mal... —dijo él, mirándose los pantalones, sucios después de haber estado caminando por la nieve y cortando leña.

—No creo que sea buena idea —repuso ella, sintiendo que la temperatura de su cuerpo se elevaba—. No tengo pantalones para prestarte y...

—Te parecería mal...

—No es eso. No soy una monja —señaló ella, pensando que no quería delatar la atracción que sentía y que sería sospechoso que se pusiera tan nerviosa por verlo en calzoncillos.

—Puedo quedarme en mi dormitorio hasta que estén secos —murmuró él.

—Si me los das, los lavaré —dijo ella, fingiendo decisión.

—¿Estás segura?

–¿Por qué no iba a estarlo?

–Por nada. Lo que pasa es que no quiero que te sientas incómoda… –respondió él, mirándola con una sonrisa inocente–. No me los quitaré aquí. No llevo nada debajo. Los calzoncillos están secándose en el radiador que hay arriba –explicó en tono de disculpa–. Ya sé que no te importaría, pero prefiero no ponerte a prueba. Los dejaré en la puerta del dormitorio de invitados. Dame un par de minutos…

Poco después, César bajó al cuarto de estar con la ajustada camiseta de ella y sus calzoncillos de seda.

César nunca habría imaginado que no poder trabajar tenía tantos beneficios. En todo el día, no había pensado ni una sola vez en todos los correos electrónicos que esperaba ni le había molestado tener apagado el teléfono móvil. Estar incomunicado no era tan malo.

Se acercó al fuego. Sobre la chimenea, había varios libros, la mayoría de ellos sobre diseño y arquitectura, y eligió uno de ellos. Minutos después, Jude entró en la habitación.

–¿No te importa que vea tus libros, verdad? –preguntó él, sin mirarla.

Jude abrió la boca pero no dijo nada. Al verlo allí delante, con el fuego reflejado en su piel morena, se le quedó la boca seca. Sintió la necesidad urgente de sentarse porque le empezaban a temblar las rodillas. Tenía que dejar de mirarlo, se dijo, enojada consigo misma. Se moriría de vergüenza si él la sorprendiera, pero no era capaz de apartar los ojos del fabuloso cuerpo de él, sus piernas largas y musculosas, sus muslos y pantorrillas perfectamente moldeados.

Ahí parado, de pie junto a la chimenea, parecía una estatua griega.

–Claro que no respondió Jude, buscando alguna excusa para salir de la habitación y recuperar el aliento.

–No me has dicho qué tipo de diseños haces –comentó César, girándose despacio.

–No lo habías preguntado.

–¿Por qué te quedas en la puerta? –preguntó él, y se sentó en el sofá con el libro en la mano. Señaló el espacio que había a su lado–. Tienes muchos libros de arquitectura.

–Empecé a estudiar Arquitectura –dijo ella, ignorando el asiento al lado de César y sentándose en una silla junto al fuego–. Pero tuve que dejarlo para ponerme a trabajar.

César ladeó la cabeza y se mostró interesado.

–Mi madre acababa de morir y el esposo de mi hermana se quedó sin trabajo justo cuando nació su hijo. Mi hermana necesitaba mucho más que yo el dinero de vender la casa de mi madre…

–Vaya.

–Son cosas que pasan. Me gustaba mucho el diseño de interiores, así que decidí que me dedicaría a ello. Y se me da bastante bien porque puedo ofrecer algo más que consejos sobre los colores y los muebles. Puedo ayudar a reformar casas y a mis clientes no les cuesta tan caro. Si es necesaria la certificación de un arquitecto, éste suele limitarse a firmar los diseños que yo ya he hecho –explicó ella con orgullo.

–Una mujer de talento.

–Me las arreglo –repuso ella, y se sonrojó ante el

cumplido–. No estoy nadando en dinero, pero pude comprar esta casita. El marido de mi hermana volvió a trabajar y me devolvieron el dinero.

–¿Vive ella por aquí?

–En la otra punta del mundo. En Australia.

–Entonces, estás aquí sola… –observó él, y pensó que quizá por eso Fernando y ella habían intimado tanto, por ser dos almas solitarias–. Este sitio… ¿dónde está? –quiso saber, señalando una foto en el libro–. Me gustan las dimensiones de las habitaciones.

Jude titubeó un poco antes de acercarse para verlo. De manera deliberada, César mantuvo el libro sobre su regazo para que ella tuviera que sentarse a su lado.

–Es una de las remodelaciones de apartamentos que más me gusta –dijo ella, sin acercarse demasiado a él–. Ferrea ha conseguido combinar la comodidad con líneas claras y modernas. Algunos apartamentos carecen de encanto cuando son demasiado modernos, pero mira esto –indicó, señalando los detalles–. Utiliza mucha madera en sitios cruciales y la adición de esas vigas es… brillante…

Jude se interrumpió cuando, sin querer, rozó el brazo de él con su cuerpo. Se apartó de golpe y contuvo la respiración. César la miró a los ojos, diciéndole muchas cosas sin necesidad de palabras. O, quizá, fuera sólo fruto de su imaginación, después de haber pasado tanto tiempo sin estar con un hombre, se dijo ella.

–Supongo… que ésta es una de las pocas casas modernas en las que me gustaría… vivir… –dijo Jude, nerviosa, parpadeando.

Entonces, César levantó la mano y la posó en la nuca de ella. Empezó a acariciarla despacio, provocando fuegos artificiales en su interior.

Jude no tenía ni idea de qué estaba pasando, pero no iba a llevarle la contraria. En lo más profundo, reconoció que no había hecho más que desear que llegara el momento de que él la tocara.

Así que cerró los ojos con un suspiro, mientras él la tomaba entre sus brazos…

Capítulo 4

CÉSAR se sentía bien. La rodeó entre sus brazos y comenzó a besarla. Enseguida, el beso se hizo más profundo y más ansioso.

—¿Qué es esto? —dijo ella cuando, al fin, sus bocas se separaron.

—Un beso. ¿Qué otra cosa iba a ser?

Era raro, pero aquélla era la primera vez que César besaba a una mujer con el pelo corto. Siempre había criticado a su hermano por salir con el mismo tipo de mujeres, pero él no había sido diferente. Se dio cuenta de que nunca había querido a ninguna que pudiera darle problemas o revelarse. Nunca había querido arriesgarse a que derribaran el muro que se había levantado alrededor del corazón. Siempre había descartado las conversaciones íntimas y había perseguido relaciones superficiales, que no amenazaran el predecible curso de su vida.

Pero esa mujer era distinta.

César frunció el ceño, poseído por un puñado de pensamientos en conflicto. Al instante, se relajó. Se dijo que aquello era lo correcto porque, por una parte, se sentía atraído por ella, a pesar de que no era su tipo. Por otra, así protegería a su hermano de una potencial cazafortunas, sólo en el caso de que Jude hubiera planeado poner las manos en el dinero de Fernando.

A él no le importaba que fuera una cazafortunas, pensó, pues a diferencia de su hermano, estaba bien equipado para manejar a las mujeres.

–Estábamos… hablando de diseñadores –balbuceó ella, sin poder apartar los ojos del hermoso rostro de él.

–Estábamos –repitió César, sin soltarla.

El pelo corto le facilitaba poder verle bien la cara y apreciar la gracia de su cuello, la delgadez de sus hombros, la exquisita estructura de su rostro.

–Me estabas hablando de ese apartamento –señaló César, sin dejar de acariciarla–. De lo mucho que admiras al hombre que lo diseñó –añadió, e hizo un movimiento para separar las piernas de ella, mientras la miraba a los ojos.

César estaba controlándose, pues lo único que deseaba era arrancarle las ropas y hacerle el amor.

Jude suspiró y se rindió a la marea de deseo que la poseía.

César estaba rozándole la entrepierna y a ella le gustaba. ¡Le gustaba mucho! Se apretó contra él y una oleada de placer la dejó sin pensamientos coherentes. Lanzó un gemido cuando él la agarró de las nalgas y la acercó aún más, masajeando su parte más sensible a través de las ropas.

Jude cerró los ojos y arqueó la espalda, ofreciéndose a él.

César deseaba poseerla, y sabía que Jude lo deseaba también, pero recordó la molesta sensación de que ella no quería desearlo. Jude se estaba dejando llevar por el deseo, pero ¿qué pasaría si la desnudaba? ¿Y si comenzaba a tocarla por todo el cuerpo? ¿Abriría ella los ojos y cambiaría de opinión?

César se dijo que tenía que dejar que ella diera el primer paso, no podía arriesgarse. Estaba agonizando por la frustración de no poder tomar el control. Cuando Jude buscó su boca ciegamente y los dos se fundieron en un beso salvaje y apasionado, no pudo contenerse y la apretó contra sí.

Jude gimió. Palpó la erección de él de forma instintiva y, sin pensarlo, introdujo la mano por debajo de sus calzoncillos y envolvió entre sus dedos aquella enormidad de acero.

Jude sintió que un mar de sensaciones la envolvía. El sexo con James había sido agradable, pero nada parecido a aquello.

—No empieces lo que no vayas a terminar… —le advirtió César.

—¿Qué harías si decidiera dejarte ahora? —preguntó ella, provocativa.

Jude se había preguntado antes qué aspecto tendría él si en algún momento no lo tuviera todo bajo su control. En ese momento, lo estaba comprobando, se dijo satisfecha, mientras seguía masajeándolo hasta que él apretó la mano de ella con fuerza, deteniéndola.

Jude le quitó la camiseta y, durante unos segundos, se deleitó mirándolo. Recorrió el pecho de él con las manos, disfrutando de sus definidos músculos.

—Es mi turno, ¿no crees?

Jude sonrió y se dejó quitar la blusa. Cuando ella iba a desabrocharse el sujetador, él la detuvo. Comenzó a tocarle los pechos, a jugar con ellos a través del encaje.

–Ninguno de los dos vamos a ir a ninguna parte –César susurró–. No hay prisa. Quiero disfrutar de cada milímetro de tu hermoso cuerpo y quiero tomarme mi tiempo –añadió, y le sacó el pecho del sujetador.

Estaba anocheciendo y César se fijó en cómo el resplandor del fuego brillaba sobre el aterciopelado rostro de Jude. Despacio, se metió en la boca el pecho de ella y comenzó a chupar su pezón rosa y erecto.

En un momento, César le había quitado también los pantalones y ella le había despojado de sus calzoncillos.

–Deberíamos ir arriba… –murmuró ella.

–El sofá es lo bastante grande para los dos. Además, ¿por qué desperdiciar el fuego? –dijo él, colocándola boca arriba en el sofá.

Jude sonrió mientras él le sujetaba ambas manos sobre la cabeza. César se inclinó para seguir deleitándose con sus pechos y, mientras le lamía los pezones, ella sintió el cuerpo recorrido por puro fuego.

Jude no podía estarse quieta. Suaves gemidos escapaban de su boca mientras se retorcía llena de deseo. Entonces, César comenzó a bajar y ella abrió las piernas y le agarró la cabeza con suavidad, guiándolo hacia un lugar que ningún hombre había saboreado hasta el momento.

Se estremeció mientras él le recorría el estómago con la lengua y se detenía en su ombligo. Su lengua continuó bajando, volviéndola loca de ansiedad, hasta que entró dentro de ella.

Igual que Jude lo había masajeado antes, él la excitó con su lengua, entrando y saliendo hasta que ella comenzó a gemir de gozo, esforzándose por no llegar al clímax en la boca de él.

Vagamente, Jude fue consciente de que no tenía ningún método anticonceptivo a mano. No había previsto aquella situación en absoluto y no guardaba ninguna caja de preservativos por si acaso.

Intentó pensar si estaba en su período más fértil y decidió que no, aunque su aritmética no fuera demasiado aguda en esos momentos.

Así que, cuando César por fin se colocó sobre ella y le preguntó si utilizaba algún método de anticoncepción, ella no dudó en asentir.

La penetró y comenzó a moverse con firmeza y profundidad, cada vez más rápido. Ella gritó y se arqueó cuando, con una arremetida final, él llegó al éxtasis.

César se quedó jadeando, como si hubiera corrido un maratón, mientras el estremecimiento de su orgasmo iba difuminándose.

La tomó en sus brazos. Jude lo miró, con aspecto somnoliento y satisfecho. Él resistió la tentación de preguntarle si le había gustado, si había sido el mejor encuentro sexual de su vida. ¿Desde cuándo se preocupaba por esas tonterías?, se dijo él.

—No sé qué acaba de pasar —murmuró Jude, con el corazón latiendo a toda velocidad.

—Acabamos de hacer el amor.

—Lo sé pero… no suelo hacer cosas como ésta. Quiero decir que no suelo acostarme con una persona que apenas conozco —afirmó Jude, y pensó en levantarse y vestirse, pero él seguía abrazándola.

—Lo creas o no, yo tampoco.

–Tienes razón, no te creo.

–De acuerdo, admito que no he sido célibe desde que murió Marisol. Pero este grado de espontaneidad...

–Te refieres a que cortejas a las mujeres antes de llevártelas a la cama –observó ella–. ¿Nunca te sientes solo?

César se puso rígido. Aquélla era una de las preguntas más íntimas que le habían hecho nunca.

–No es necesario que me respondas –se apresuró a decir Jude–. No, si temes la respuesta.

–¿Temer?

–Algo así.

–¡Claro que no me siento solo! Resulta que tengo una vida muy activa.

–Ya.

–Lo dices como si no me creyeras –comentó él, y se rió. Se sentía demasiado bien y relajado donde estaba. Debía de ser algo relacionado con el aire limpio del campo, pensó.

César le acarició el muslo y posó la mano sobre su pubis. Se sintió listo para hacerle el amor de nuevo, como si fuera un adolescente hambriento de sexo y aquélla fuera la primera mujer con la que se acostaba en su vida.

–Claro que te creo. Apuesto a que haces mucho deporte, sales mucho y tienes cientos de mujeres a tu disposición.

–Sí a las tres cosas.

Para un hombre como César, las mujeres eran sólo una distracción agradable. Aquella situación era poco usual para él, no sólo porque se había salido de su rutina normal de cortejo, sino porque habían terminado juntos contra todo pronóstico y ella no era su tipo.

—¿Adónde sueles ir cuando sales? ¿Al teatro? ¿Al cine? —preguntó Jude, sintiéndose incómoda al pensar que César se iría de su vida en cualquier momento, justo cuando terminara de nevar.

—Sí, al teatro. Al cine… no tanto. No tengo tanto tiempo para esos lujos.

Jude dedujo que César era un hombre que apenas se relajaba y sintió curiosidad por saber más cosas sobre él.

—El teatro también es un lujo —señaló ella.

—El teatro es un lugar donde entretener a los clientes. O donde ellos me entretienen —explicó César secamente—. La vida en la jungla de asfalto no es más que un gran juego en el que nos rascamos la espalda unos a otros.

—Suena divertido.

—Se me ocurren cosas mejores que hacer —dijo él, sonriendo y tocándole un pecho—. ¿Estás preparada para hacerlo otra vez?

—Podríamos… hablar… un poco.

—¿Por qué?

En ese mismo instante, Jude supo que su curiosidad había sido un error. Habían hecho el amor pero seguían siendo dos mundos aparte. Intimar de otro modo no entraba en el plan de César.

—Tienes razón. ¿Por qué hablar cuando podemos hacer cosas mejores? Llevo demasiado tiempo sola… —dijo ella, y le acarició la espalda.

—¿Quieres decir que me estás utilizando para recuperar el tiempo perdido? —preguntó él, poniéndose tenso.

–¿De qué diablos estás hablando?

–Sabes de lo que estoy hablando, Jude. Llevas mucho tiempo sin acostarte con nadie y aquí estoy yo.

–Ah.

César podía pensar que hablar era aburrido, podía utilizar a las mujeres sólo para recrearse, pero no le gustaba la idea de que hicieran lo mismo con él, comprendió Jude.

–Eres un espécimen bastante extraño.

–¿Extraño? ¿Espécimen?

–No me digas que ninguna mujer te lo había dicho antes… –repuso ella, disfrutando del momento y de su papel de mujer fatal–. Lo que quiero decir es que ¿qué chica en sus cabales no disfrutaría de echar una cana al aire contigo? Sobre todo, si resulta que está atrapada contigo, por decirlo de alguna manera –añadió, y lo besó despacio, provocativa.

Jude no solía ser así con los hombres. Con James, había dedicado un tiempo a conocerlo antes de pasar al sexo. ¡Y nunca se le habría ocurrido hacerle pensar que lo estaba utilizando como juguete sexual! Ni se habría acostado con él tras pocas horas de conocerlo, aunque hubieran estado encerrados juntos.

–No puedo creer lo que oigo –replicó César, sin poder evitar sentirse excitado por el beso.

–¿Por qué no? Tú disfrutas del sexo con mujeres sin ninguna intención de mantener una relación con ellas… –señaló Jude.

–Estás jugando con las palabras.

–¿De veras? Lo siento, pensé que sólo estaba

siendo honesta y directa. Siempre digo lo que pienso.

–Tengo relaciones con mujeres –afirmó César, sin estar seguro de por qué se estaba metiendo en ese debate–. Pero no son relaciones que terminen ante el altar. Pregúntales a todas las mujeres que han salido conmigo. Te dirán que lo pasaron genial.

César sonrió con malicia y Jude sintió que su sangre se encendía de deseo, pero se esforzó por no demostrarlo. Quería aprovechar la oportunidad para saber más de él, para conocer mejor al hombre que se escondía bajo aquella armadura.

–Si tú lo dices –repuso ella, y se encogió de hombros–. De todos modos, hablar no sirve de mucho. Podrías hablar hasta cansarte y pensar que conoces bien a alguien y luego descubrir que no lo conoces en absoluto.

–Y, en la otra cara de la moneda, puedes pasar dos minutos con alguien y darte cuenta de que lo conoces por completo –puntualizó él, y comenzó a acariciarle un pecho.

–Humm –suspiró ella, frotándose sinuosamente contra la erección de su amante–. A mis padres les pasó así. Sólo con echarse una mirada, su futuro quedó sellado.

–Es mejor que te asegures de no enamorarte de mí –advirtió él.

César se sintió irritado cuando, como respuesta, Jude se rió, como si hubiera contado el chiste del año.

–Oh, por favor, tendrían que internarme en un manicomio si fuera tan tonta como para hacer eso

–respondió ella–. Creo que eres el último hombre sobre la tierra del que me enamoraría –añadió.

–Estoy destrozado –dijo César, acariciándole entre las piernas de forma provocativa–. Eres un peligro para el ego. La mayoría de los hombres se sentirían insultados si supieran que los están utilizando como un objeto sexual.

Entonces, hicieron el amor, de una forma fiera y ansiosa. Cuando César le había tocado y acariciado cada milímetro del cuerpo, la colocó encima de él, penetrándola mientras ella seguía besándole el cuello, la cara, los hombros.

César no sabía qué hora era cuando al fin se despertó. Tenía las piernas entumecidas. Se había quedado dormido con Jude en el sofá.

Se levantó y, durante unos segundos, se la quedó mirando, mientras ella seguía durmiendo.

A veces, se comportaba como una joven cauta y tímida y, otras, era provocativa y esquiva como un gato salvaje. ¿Quién diablos era aquella mujer?

Mientras la estaba mirando, Jude abrió los ojos. No sonrió ni trató de seducirlo para que volviera junto a ella, lo que le resultó un poco molesto a César, que estaba acostumbrado a que las mujeres hicieran todo lo posible por retenerlo.

–¿Has mirado cómo está el tiempo? –preguntó ella, sentándose y envolviéndose en el cobertor que había sobre el sofá.

Antes de quedarse dormida, Jude había estado pensando en ellos. No eran un pareja ni podrían ser felices juntos, se había dicho.

César estaba acostumbrado a que las mujeres cayeran a sus pies y había aprovechado aquella situación poco común, pensó Jude. ¿Qué mejor forma de pasar el tiempo que haciendo el amor? Él era el tipo de hombre que podía distanciar sus sentimientos del sexo, ¿pero podría ella?

Jude había hecho el amor con él porque aquel hombre la fascinaba. Sabía que sentía algo por él y que tenía que dar marcha atrás cuanto antes, para que sus sentimientos no la hicieran sufrir.

—Iba a hacerlo ahora —respondió César, y caminó hacia la ventana—. Ya no nieva.

—Me alegro. Mira… respecto a lo que ha pasado… —comenzó a decir ella, humedeciéndose los labios con nerviosismo.

—¿Quieres decir a eso de que me hayas utilizado para satisfacer tus necesidades sexuales?

—No ha sido así —admitió ella.

César caminó hacia el montón de ropa que había en el suelo, extrajo sus calzoncillos y se los puso.

—Bueno, mi ego te da las gracias.

—Los dos nos dejamos llevar. Atrapados aquí, con tanta nieve fuera… como las personas que hacen locuras cuando se van de vacaciones. Tendremos que actuar como si no hubiera pasado nada —propuso ella, y respiró hondo.

—¿Y si a mí no me apetece fingir?

—¿Por qué?

—¿Y si yo creo que lo que ha pasado estuvo muy bien? ¿Y si no veo la razón para fingir que no ha pasado nada? —replicó él, y se encogió de hombros—. Deja de nevar y todo cambia. ¿Estás diciéndome que eso cambia la química que hay entre nosotros? ¿Estás diciéndome que, si te beso ahora mismo, ya no te sentirás atraída por mí?

–No se trata de eso –señaló ella, confundida, pues no había esperado que discutiera su propuesta.

–¿Y de qué se trata?

–Se trata de que los dos hemos hecho algo fuera de lo común –explicó ella–. No soy la clase de chica que se acuesta con alguien así porque sí y sé que pude haberte dado la impresión de estar utilizándote, pero no suelo hacer esas cosas. Lo cierto es que, si decido tener una relación con algún hombre, quiero algo más que echar una cana al aire.

–Explícate.

–Pensamos de forma diferente, César. Lo que buscas en una mujer no es lo que yo busco en un hombre.

–No entiendo nada.

–No finjas que no lo entiendes. Tú usas a las mujeres como distracción…

–Porque me siento solo y desgraciado. Ya lo habías dicho antes, ¿no?

Jude se sintió confusa. Había esperado que él se enojara y no esa respuesta ni ese tono de voz tan indulgente.

–Tienes razón en una cosa –continuó él–. No quiero una relación a largo plazo, pero tú…

–¿Yo qué?

–¿Quieres una relación a largo plazo conmigo?

–No voy a perder el tiempo con alguien que no quiere comprometerse y, como te he dicho, no eres la clase de hombre que querría como pareja –afirmó Jude–. Tengo que admitir que he cometido un error y seguir buscando.

–¿Buscar qué?

–Un hombre con quien pueda construir una relación y que, al menos, los dos empecemos con las mismas intenciones, con la esperanza de llegar a alguna parte. Tú no eres así, César. Tú empiezas asumiendo que todas tus relaciones están destinadas a la basura. Has estado casado y fue maravilloso y, como nada podrá compararse a eso, para ti no tiene sentido ni intentarlo. Tomas lo que quieres y te vas y, por favor, no me vengas con que todas las mujeres que han estado contigo han quedado muy satisfechas y nunca han soñado con pedirte más.

–¿Has terminado? –preguntó él, un poco enfurecido.

–Creerás que soy una estúpida…

–Tu vida es asunto tuyo. Y ya que estás con ánimo de dar sermones, te diré que, mientras esperas a tu príncipe azul, te estás perdiendo muchas cosas.

–Tienes razón. Es asunto mío.

–Voy a ducharme. Después, iré a ver mi coche –señaló él, diciéndose que nunca le había rogado a ninguna mujer y que no iba a empezar a hacerlo en ese momento–. Sólo por curiosidad, ¿cómo es tu hombre ideal?

–Alguien amable y considerado –repuso ella, a la defensiva.

De pronto, Jude empezó a pensar que, quizá, se estaba equivocando al esperar al hombre perfecto. ¿Estaría perdiendo el tiempo con un sueño? Y, si César estaba tan lejos de su ideal, ¿por qué su corazón se aceleraba tanto con él y por qué se sentía tan viva?

De alguna forma, César se había colado en su corazón y Jude comenzó a temer que pudiera empezar a enamorarse de él.

–Alguien que no crea que es el mejor del mundo –arremetió Jude de nuevo–. Un tipo dulce…

–¿Por qué te acostaste conmigo?

–Deberías ir a ducharte.

–Me iré en cuanto me respondas.

–¡De acuerdo! ¡Me acosté contigo porque eres… porque resulta que me excitas! ¿Satisfecho?

–Sí. Y no olvides que pasarlo bien puede ser una recompensa en sí mismo. Una cama vacía nunca es buena para tener la moral alta.

César se dirigió a la ducha. Había conseguido decir la última palabra, pero había sido una victoria vana.

Debería estarle agradecido a Jude por haber sido sincera y directa con él, pensó mientras se secaba después de la ducha. ¿Y cómo podía quejarse porque lo rechazara, después de que él había rechazado a incontables mujeres en el pasado?

En cuanto volviera a la civilización, la olvidaría, volvería a salir con otras mujeres, trabajaría duro y no perdería el tiempo en largas e inútiles discusiones sobre sentimientos, se dijo.

¡Diablos, ni siquiera había podido afeitarse durante dos días! Con esa barba, estaba empezando a parecer un hombre de las cavernas. ¡Y a comportarse como uno!

Con suerte, la nieve se iría igual que había llegado y podría irse de aquel rincón perdido y retomar su vida.

Al menos, una cosa estaba clara, pensó César. Jude no iba detrás de su hermano para mejorar su estilo de vida. Lo único que buscaba aquella mujer era un príncipe azul. No era la clase de persona buena para las sutilezas. Sin duda, si Jude hubiera estado interesada en Fernando, ¡su hermano ya estaría casado con ella y a punto de ser padre!

Decidió que se lo tomaría como una lección y que lo mejor sería regresar cuanto antes a su rutina. Mejor lo malo conocido…

Capítulo 5

DÍAS DESPUÉS, sola en su cabaña, Jude seguía pensando en él, no había podido dejar de revivir en su mente todo lo que había sucedido.

Después de su ducha, César había seguido las instrucciones de ella al pie de la letra. Ella le había pedido que fingiera que no había pasado nada y así lo había hecho él. César había ido a revisar el coche, aún enterrado en la nieve, mientras que ella había recogido el cuarto de estar y había colocado cada cojín en su lugar. En menos de una hora, la habitación había recuperado su aspecto impersonalmente cómodo.

También había encendido dos velas aromáticas para borrar el olor a sexo y a él.

Habían cenado en la cocina, hablado del tiempo en tono civilizado y se habían ido cada uno a su dormitorio lo antes posible.

Entonces, Jude había estado segura de que César no era el tipo de hombre que se dejara llevar por los sentimientos. Ni sentía nada por ella. Le había hecho el amor y le había gustado y, tal vez, habría seguido adelante y habría mantenido una aventura con ella. Pero, cuando ella le había dicho que eso no era lo que quería, él sólo se había encogido de hombros y no le había dado importancia. Sabía que, para César, involucrarse emocionalmente era una complicación innecesaria. Lo admitiera él o no, había enterrado con su esposa su capacidad de sentir.

Al día siguiente, la nieve había empezado a derretirse y, al levantarse por la mañana, Jude se había encontrado con que César ya estaba vestido y listo para irse.

Desde entonces, Jude no había sabido nada de él. Había ido a visitar a Freddy y a Imogen y se había enterado de que César había aprobado la idea del bar. No se había mostrado demasiado entusiasmado pero, al menos, no le había retirado a Fernando el acceso a su herencia.

Jude estaba inmersa en su trabajo, aunque sin poder dejar de pensar en César, cuando sonó el teléfono. Como siempre y aunque sabía que no era posible, el corazón le dio un brinco, pensando que podría ser él.

Al otro lado del auricular, habló Freddy, destrozado, atragantándose con las palabras.

—Estoy en el hospital —dijo él, conmocionado.

—¿Hospital? ¿Por qué? ¿Qué pasa? ¿Estás herido? —preguntó Jude, temiendo lo peor y agarrando con fuerza el teléfono.

—Es Imogen. Se ha adelantado.

—Pero si no sale de cuentas hasta dentro de un par de meses —dijo Jude, sintiendo que el sudor le humedecía la frente.

—Tienes que venir, Jude —rogó Freddy, lleno de pánico—. ¡Está en el quirófano ahora y me voy a volver loco de preocupación!

—Voy para allá.

–Y tienes que… decírselo a César…

–¿Decirle qué? –preguntó ella, nerviosa al oír su nombre. Freddy le había contado que no había querido decirle a su hermano nada sobre Imogen para no tentar a la suerte.

–No puedo explicarle lo de Imogen en este estado de ánimo –dijo Freddy, con la voz tintada de preocupación.

La serena Imogen era la roca sólida en su relación. A Freddy no se le daba demasiado bien sobrellevar crisis, pensó Jude, sintiendo el pánico de él.

–Sé que debería habérselo confesado la última vez que lo vi, pero…

–De acuerdo. Iré al hospital en cuanto pueda. Dame el número de teléfono de tu hermano, Freddy…

Quince minutos después, Jude salió hacia el hospital. Aún no había llamado a César. Había decidido hacerlo después de ver a Freddy y a Imogen y de asegurarse de que estuvieran bien. El teléfono móvil le quemaba en el bolsillo y tenía los nervios de punta.

Llegó al hospital en un tiempo récord, pero tardó un poco en aparcar. Cuando entró, el estrés le había provocado un tremendo dolor de cabeza.

Freddy se acercó a ella con aspecto de estar asustadísimo. Le dijo a Jude que el bebé estaba bien pero que se lo habían llevado a cuidados intensivos. Era una niña.

–Me han dicho que la bautice de inmediato… por si acaso… –dijo Freddy, y los ojos se le llenaron de lágrimas.

–No va a pasar nada, Freddy –aseguró Jude, y le dio un abrazo–. No pienses en eso, no te hará bien. ¿Cómo está Imogen?

–Ha perdido mucha sangre…

–Pero… ¿se recuperará, verdad?

–No me lo han dicho. Las próximas horas son cruciales, Jude. Tengo que volver con ella. ¿Has…?

–Lo llamaré dentro de un minuto. Quería llegar al hospital primero y asegurarme de que estuvierais bien. Los tres. ¿Está despierta Imogen? ¿Le puedes dar un abrazo de mi parte? Me quedaré por aquí un rato, Freddy…

Freddy se lo agradeció y la dejó sola, con la difícil tarea de llamar a su hermano.

Jude se dirigió a la cafetería, con los nervios de punta. El olor a hospital le provocaba nauseas. En una habitación del piso de arriba, su amiga estaba luchando por sobrevivir y, en una sala aparte, el bebé que tanto habían esperado estaba enfrentándose a las complicaciones de haber nacido prematuramente. Los hospitales no eran un sitio donde se pudiera estar tranquilo. Incluso en la cafetería todos parecían estar esperando noticias, buenas o malas.

Jude pidió café y se retiró a la mesa más alejada.

Freddy le había dado un montón de números. En el primero que marcó, el de su móvil, obtuvo respuesta enseguida.

Al oír su voz, varonil y aterciopelada, Jude se derritió igual que si él hubiera estado sentado a su lado, hablándole al oído. Algo que le sorprendió, teniendo en cuenta la situación.

–César, soy yo, Jude.

A kilómetros de distancia, en su despacho de Londres, con su secretaria enfrente, César se quedó helado. Le hizo un gesto a la secretaria para que lo dejara solo.

Las últimas dos semanas habían sido un infierno para César. No había podido controlar sus pensamientos, incluso había perdido la concentración en las reuniones de trabajo, algo inusual en él. No había podido dejar de pensar en ella, de recordar su olor, su sabor…

Entonces, al oír su voz al otro lado de la línea, volvió a sentirse enojado consigo mismo por su debilidad.

—¿A qué debo este honor? —preguntó él con frialdad.

—Mira, sé que te sorprenderá oírme…

—¿Cómo has conseguido mi número?

—Eso no importa. César, ha pasado algo…

Al notar la ansiedad en el tono de ella, César se puso en pie y comenzó a recorrer su despacho con inquietud.

—¿De qué estás hablando? ¿Dónde diablos estás?

—Estoy… en el hospital —respondió ella, y pensó que no tenía sentido explicarlo por teléfono. Supo que tendría que volver a verlo, aunque fuera lo último que quería hacer en el mundo—. ¿Podrías venir? Te lo explicaré cuando te vea. Siento haberte molestado…

—¿Nombre?

—¿Cómo?

—El hombre del hospital.

César lo anotó en una hoja de papel y se la guardó en el bolsillo. Tenía varias reuniones previstas para esa tarde y pensaba salir de viaje esa noche. Pero todo eso perdió importancia de pronto.

—Dime qué pasa —pidió él, intentando recuperar la compostura—. Soy un hombre ocupado.

–Lo sé y lo siento, pero prefiero no decírtelo por teléfono, César. Es importante.

–Estaré allí dentro de media hora.

–¿Cómo vas a hacerlo? –preguntó ella–. ¿Volando?

–Eso es –respondió él, calculando cuánto tiempo tardaría en llegar allí en su helicóptero privado–. ¿Dónde quedamos?

Jude cayó entonces en la cuenta de que lo más probable era que César tuviera una flota de aviones y helicópteros privados.

–Estaré en la cafetería –dijo ella.

César colgó.

Tras tomar la segunda taza de café, Jude volvió a ver a Freddy para pedirle noticias, pero no había novedades.

Intentó distraerse leyendo el periódico sin poder evitar levantar la vista cada cinco minutos hacia las puertas, buscando a César.

Jude pensó que, si se ponía furioso porque su hermano le había ocultado la existencia de Imogen, sin duda la pagaría con ella. ¿Acaso no decían que siempre se castiga al mensajero?

Cuando estaba leyendo la página de cotilleos, César llegó a su mesa. Ella levantó la vista despacio, intentando controlarse pero, al verlo, no pudo evitar sentir un ataque de nervios.

Jude había esperado que su imaginación hubiera exagerado el atractivo de aquel hombre y el terrible impacto que tenía sobre ella. Pero no había sido así. Más bien, con esos pantalones oscuros hechos a medida, una reluciente camisa blanca y la chaqueta colgada por encima del hombro, César tenía un aspecto más peligroso todavía y más impresionante.

Jude hizo amago de levantarse y volvió a sentarse, esbozando una forzada sonrisa.

—¿Quieres café? dijo ella

—Lo que quiero es saber por qué estoy aquí –replicó él con frialdad.

César se sentó. Había sufrido una tremenda ansiedad durante todo el vuelo y se tranquilizó al ver que ella estaba sana y salva. Aunque tenía ojeras y el pelo revuelto, como si hubiera estado pasándose los dedos por él en un gesto de preocupación. Iba vestida con un chándal, desarreglada.

—Es una larga historia, César…

—¿Mi hermano está bien? Respóndeme sólo a eso.

—Freddy… está bien.

—¿Y… tú?

—Estoy bien, gracias por preguntar.

—¿Entonces qué diablos pasa? –inquirió él en tono imperioso.

—Voy a contártelo. ¡Pero deja de presionarme!

—No tengo tiempo de esperar a que pongas en orden tus pensamientos.

—Se trata de… tu hermano, César.

—Dijiste que estaba bien.

En una milésima de segundo, César cayó en la cuenta de que había desaprovechado todas las oportunidades que el pasado le había brindado de salvar la distancia entre su hermano y él. Se preguntó si sería demasiado tarde, pero se recordó que Jude le había dicho que Fernando estaba bien. Aunque estaban en un hospital…

—Lo está. Más o menos.

—¿Cómo que más o menos? ¡Ve al grano, Jude!

—¡No es fácil! –exclamó ella. Sobre todo cuando

César la miraba de ese modo, exasperado. Era lógico que él no mostrara nada de paciencia, pues el tiempo era dinero y acababa de sacarlo de su trabajo.

¿Pero cómo iba a explicarle lo de Imogen en un par de frases?, se dijo ella. Mientras había estado esperando, había pensado en lo que iba a decir y deseó haberlo escrito y dárselo a él para que lo leyera.

–¿Recuerdas cuando me preguntaste… por qué Freddy tenía tanta prisa por tener el control de su herencia?

–Continúa –ordenó él. No había esperado que la explicación tuviera nada que ver con eso pero, con Jude, nada se regía por las leyes de probabilidad.

–Bueno, había una razón –afirmó ella, y lo miró, pensando que estaba delante de un extraño frío y distante–. Y yo comprendo por qué Freddy… hizo lo que hizo…

Al ver la expresión de ansiedad e incomodidad en el rostro de ella, César sacó sus propias conclusiones.

–¿Quieres decirme que mi hermano tiene un problema con el dinero? Sabía que apostaba, pero ¿es que se le ha ido de las manos? –preguntó César, y maldijo para sus adentros. ¿Podía ser que su hermano tuviera problemas financieros? Pensó que, tal vez, Fernando había tenido miedo de contárselo y reconoció que él mismo podía ser bastante poco compasivo e intolerante.

–¿Se ha metido en problemas y ha terminado en el hospital a causa de ello?

–Freddy lleva meses sin jugar, César. No…

–Drogas, entonces. ¿Es eso? –quiso saber él, ansioso, perdiendo su habitual aura de seguridad y autoridad.

Jude le tocó la mano. Durante un segundo, se estableció un vínculo entre ellos, como si hubiera surgido un puente entre el abismo que los separaba. César apartó la mano.

—Ya está bien, César —dijo Jude con firmeza, y entrelazó las manos para evitar tocarlo de nuevo—. Estás sacando todo tipo de conclusiones. Freddy no tiene problemas con el juego ni es un drogadicto. De hecho, es al revés. Está más centrado que nunca y ésa es... hay una razón para que haya cambiado...

—Escúpelo ya, Jude, porque me estoy cansando.

—Está enamorado.

—¿Está enamorado? ¿Y por qué está en el hospital? Dime, quién es la destinataria del afecto de mi hermano —inquirió él, mirándola con desconfianza.

—No de mí, si es lo que estás pensando —repuso ella, sintiéndose ultrajada—. ¿Crees que podría haberme... si...? —comenzó a decir ella, y respiró hondo, tratando de calmarse. César no podía evitar ser de otra manera, se dijo. Sospechaba por naturaleza.

—Está enamorado y lleva mucho tiempo enamorado de una joven llamada Imogen.

—Es imposible —negó César—. No he oído nunca ese nombre.

—¡No te creas tan superior, César! —le espetó Jude—. Vives en una burbuja, ¿lo sabías? ¡Crees que lo sabes todo sobre todo el mundo!

Sin inmutarse, César se la quedó mirando. De alguna manera, se sentía aliviado. Su hermano estaba bien. Jude estaba bien. Y no era la mujer de la que se había enamorado Fernando.

–Me estoy esforzando por entender de qué va esto. Mi hermano está enamorado. Ya lo ha estado antes y volverá a estarlo.

–No. ¿Acaso crees que te he pedido que vengas para contarte que Freddy ha encontrado a la mujer de sus sueños?

César se sonrojó. El alivio lo había distraído del punto principal. Lo había distraído, incluso, de pensar que había secuestrado el helicóptero de la empresa para un asunto que resultaba no ser tan urgente.

–Dices que se llama Imogen.

–Ha tenido que ser ingresada. Su hijo ha nacido antes de tiempo.

El silencio que siguió a aquella frase fue aplastante. César se quedó aturdido y Jude no supo si reírse por la expresión de él o si correr a ponerse a salvo.

–Estás de broma.

–¿Tengo aspecto de contar chistes? Freddy me llamó esta mañana. Estaba aterrorizado. Lleva aquí dos horas, loco de preocupación. Por eso, me pidió que te contara… la verdad sobre Imogen…

–¿Por qué se me ha ocultado todo esto?

–¿Podrías no gritar, César? –le susurró ella–. Recuerda dónde estamos.

–¿Podemos ir a otra parte? –preguntó él de forma abrupta.

–No. Yo quiero estar aquí. Imogen es mi mejor amiga. Una vez me preguntaste cómo había conocido a tu hermano. Pues fue a través de Imogen, y la razón por la que te lo ocultamos fue porque Freddy temía…

–Los dos me mentisteis.

–No mentimos… –dijo ella, aunque se sintió incómoda por haber sido cómplice de Freddy.

–Creo que tengo que ir a ver a mi hermano.

–No es buen momento para una discusión. No lo permitiré.

–¿No lo permitirás? –repitió él en tono intimidatorio.

Sin embargo, Jude no estaba dispuesta a dejar que César se descargara con Freddy.

–Eso es. No voy a dejar que te confrontes con Freddy…

–Me has malinterpretado. Nunca dije que quisiera confrontarme con él…

–No hace falta que lo digas. Freddy no está en muy buena situación ahora mismo y no necesita que tú empeores las cosas.

César se quedó sin palabras. Nunca, en su vida adulta, nadie le había prohibido nada. Y allí estaba ella, mirándolo como la directora de un colegio ante un niño que se hubiera portado mal.

–Creo que deberíamos hablar –continuó Jude, ignorando la expresión ultrajada de él–. Puedo explicarte por qué Freddy no quiso contarte nada…

–Ni tú. Ni siquiera cuando estuve en tu casa, haciendo el amor contigo.

Jude se puso roja. No necesitaba que nadie le recordara aquellos momentos. Los recordaba muy bien ella sola.

–Quizá deberíamos buscar otro lugar donde hablar –dijo ella.

–¿Temes que monte una escena?

–Sé que no harías eso –repuso ella, sin estar tan segura, y se levantó–. Iré a ver a Freddy, le diré que voy a salir una hora o así y volveré aquí a buscarte.

César asintió con la cabeza. Necesitaba tiempo para pensar. Estaba enojado porque le habían engañado pero, bajo la superficie, estaba anonadado ante la noticia de que Fernando tenía un bebé y que había mantenido en secreto algo así porque...

Iba a ser un día horrible, pensó César. En vez de seguir pensando, sacó el móvil y llamó a su secretaria.

La secretaria se quedó atónita al otro lado de la línea cuando César le dijo que cancelara todas sus citas por el momento. Y que, si tenía algo urgente que decirle, se lo enviara por correo electrónico.

César colgó el teléfono al mismo tiempo que vio a Jude caminando hacia él.

Durante una milésima de segundo, se olvidó de todo y sólo la vio a ella: su esbelta figura, su atractivo rostro, su testaruda expresión, ese cabello corto que, de manera inexplicable, resultaba tan sexy.

—He hablado con Freddy —dijo Jude, sin sentarse. Sonrió—. Las cosas van bien para madre e hija. La niña tendrá que quedarse en el hospital durante, al menos, un par de semanas, pero los médicos dicen que está muy bien e Imogen está sonriendo, lo que es buena señal. Le he dicho a Freddy que tú y yo vamos a tomar café en la ciudad y que volveremos enseguida.

Jude quería tener la oportunidad de poner a César al día y, con suerte, calmarlo para que no se enojara con su hermano. Aunque reconoció, para sus adentros, que también había una parte de ella que quería seguir hablando con César, a pesar de que la conversación que iban a tener podía convertirse en un infierno.

—Tengo el coche en el aparcamiento –indicó ella, mientras caminaban hacia allá–. Por cierto, ¿cómo has hecho para llegar tan rápido?

—En helicóptero.

—Siento… haberte sacado de tu… trabajo…

—Lo sé. Ya te habías disculpado. ¿Ése es tu coche? –preguntó él con tono burlón.

—¿Algún problema? –replicó Jude, poniéndose en jarras, agradecida por tener algo de lo que hablar al margen de la delicada situación presente, que no pensaba abordar hasta estar sentados en la cafetería. Abrió la puerta de su viejo y estropeado Land Rover.

—Muchos problemas –contestó César–. Pero tu coche no es uno de ellos.

Capítulo 6

EN MEDIA hora, habían aparcado y estaban dirigiéndose a la cafetería. Habían ido casi todo el camino en silencio. César parecía inmerso en sus pensamientos, mirando por la ventana, y a Jude le pareció bien no tener que hablar de superficialidades.

–No han decidido qué nombre le pondrán al bebé –comentó ella al fin, para romper el silencio–. Freddy piensa que, tal vez, María, por vuestra madre, y Florencia, por la madre de Imogen.

–¿Cómo es… esa mujer?

–Hablaremos de eso… cuando estemos sentados, tomando un café.

–¡Voy a necesitar algo más fuerte que un café!

Jude asintió. Eran casi las cinco y media. En vez de dirigirse a la cafetería, giró hacia un bar restaurante que servía bebidas y comidas durante todo el día. Era espacioso, moderno, cómodo y, a esas horas, estaba casi vacío. Sobre las siete y media, solía llenarse con la gente que salía de trabajar.

–Bien –comenzó a decir César en cuanto la camarera hubo tomado sus pedidos, agua mineral para ella y whisky para él–. Dime cómo es esa mujer. Supongo que, si Fernando la ha mantenido oculta, no es la clase de chica que llevas a casa para presentarla a tus padres —comentó con una sonrisa cínica—. Nadie mantiene escondida a una mujer, a menos que se avergüence de ella.

—Nada de eso. ¡Freddy no se avergüenza de Imogen! ¿Por qué iba a hacerlo? Es una chica excelente y yo lo sé bien. Crecí con ella.

—Qué irónico que ahora estés alabando a una persona que, hasta hoy, no parecía existir. De pronto, aparece de la nada y me dices que es lo mejor del mundo. ¿Cómo puede ser eso?

—A causa de la herencia.

—Ah. Así que mi hermano y tú os compinchasteis para mantener todo esto en secreto hasta que él tuviera el control sobre su herencia, ¿es eso?

—No nos compinchamos, César.

—¿No? Pues me estoy rompiendo la cabeza para pensar en una palabra más adecuada.

—No vas a ponérmelo fácil, ¿verdad?

—¿Esperabas que lo hiciera?

—No —admitió Jude. Tomó su vaso y se quedó mirando las burbujas del agua durante un momento, antes de darle un trago—. Por eso es por lo que Freddy sintió que no podía contártelo.

—Nunca he intentado dirigir la vida amorosa de mi hermano —afirmó César, y se encogió de hombros—. Él siempre ha sido libre para hacer lo que quiera con la mujer que quiera.

—Mientras que sus relaciones fueran pasajeras. Se esperaba de él que se casara con una mujer de familia rica.

—Nunca puse ninguna regla respecto a eso —señaló él, apretando los labios.

—Pero se sobreentendía. ¡No tienes por qué negar

lo protector que eres con todo ese dinero que tienes en el banco! ¡Casi me acusaste de ser una buscona cuando nos conocimos! –exclamó ella, y respiró hondo, intentando mantener la calma y centrar la conversación en la importancia de Imogen para Freddy–. Imogen no viene de una familia privilegiada. Y Freddy pensó que, por eso, no lo aprobarías.

–Al menos, debería habérmelo dicho él, de hombre a hombre. Quería la herencia, necesitaba el dinero, porque la mujer en cuestión estaba embarazada pero, en vez de poner sus cartas sobre la mesa, prefirió tomar un atajo. Con tu complicidad.

–No fue así –repuso ella, sonrojándose–. Él sabía que no lo aprobarías. De hecho, sabía que intentarías intervenir y, además, que tenías la mano ganadora porque tú manejas los hilos financieros.

–Olvida lo de que la mujer venga o no de una familia rica. Debe de haber alguna otra razón para no haberme hablado nunca de ella –sugirió César, queriendo llegar al meollo de la cuestión cuanto antes.

César estaba conmocionado y sabía que esa mujer debía de haber pasado por un calvario con el parto prematuro pero, de todos modos, tenía que seguir pensando con la cabeza. Era obvio que Jude no lo entendería. Cualquiera que llevara toda la vida esperando a un caballero andante no pensaba con la cabeza, se dijo él.

–Pensó que la tacharías de cazafortunas por… el aspecto que tiene…

César se bebió el whisky de un trago. Por fin estaban llegando a alguna parte.

–¿Y qué aspecto tiene? No, déjame adivinar. ¿Rubia? ¿Grandes ojos azules? ¿Cuerpo exuberante y sensual?

–Algo así –farfulló Jude. Tomó aliento para continuar–. Y trabajó en un club nocturno. Se conocieron allí.

–¿En un club nocturno? ¿Haciendo qué? ¿Recepcionista? ¿Contable?

–No –respondió Jude, y parpadeó–. Ella... servía las mesas, por decirlo de alguna manera.

–¿Decirlo de alguna manera?

–Bueno, la verdad es que hacía *striptease*. Más o menos. Nada demasiado fuerte, por supuesto.

–Nada más lejos de mí pensarlo –replicó él con ironía.

Entonces, César comenzó a hacerse una imagen mental de lo sucedido. ¿Cuáles habían sido los motivos de esa mujer? ¿Cuánto tiempo había tardado en olvidar supuestamente la píldora anticonceptiva y en quedarse embarazada?

–Sé lo que estás pensando, César, y te equivocas. Están muy enamorados e Imogen es una de las personas más dulces que existen. ¡Crecí con ella y no tiene nada de ruin ni de avariciosa!

–Pero ahora tiene un bebé. ¿No sería ella quien le metía prisa a Fernando para poner las manos sobre su herencia?

–No, lo de la herencia fue idea de tu hermano. Llevaba tiempo pensando en tener un negocio propio...

–Y trabajar en el negocio de la familia no estaba dentro de sus planes, claro...

–Ya sabes lo que piensa Freddy del trabajo de oficina. No está hecho para estar sentado detrás de un escritorio ante un ordenador ni para ir a reuniones... –dijo Jude–. De todos modos, él pensaba contártelo todo...

–Claro. En cuanto le diera luz verde para controlar su herencia. ¿Tienes idea de cuánto dinero va a caer en sus manos?

–¿Mucho?

–Y, por asociación, ¿cuánto caerá en manos de esa amiga tuya?

–Se llama Imogen.

–¿Pretende Fernando casarse con ella?

–¡Por supuesto que sí!

–¡Maldición! ¡Debió haber hablado conmigo antes de enredarse en una situación así!

–¡No está enredado en nada! –le espetó Jude, indignada–. Se ha metido en esta relación sabiendo lo que hacía y es feliz. ¿No significa nada eso para ti? Supongo que se te ha olvidado cómo era estar enamorado de pies a cabeza y deseando construir una vida en común.

–Marisol fue aceptada por mi familia –dijo César–. Sabíamos que no se había arrimado a mí por mi dinero.

–Pues tuviste mucha suerte de encontrar la pareja perfecta para ti. ¿Creías que ibas a poder decirle a Freddy con quién casarse? ¿O de qué familia debía provenir su prometida? ¿De qué color tenía que ser su pelo?

–No seas ridícula.

–¡No soy ridícula! Eso es exactamente lo que él temía.

–¿Que me preocupara por su bienestar?

–¡Que no le dieras una oportunidad! ¡Ya no es un niño, César! Y te gustó su idea del club de jazz. Freddy me lo dijo. Ha puesto mucho esfuerzo en ello. ¿Crees que un niño podría montar algo así? El club será todo un éxito porque él ha puesto su corazón en ello y tiene buenos contactos.

–¿Adónde quieres llegar?

–Dale el beneficio de la duda –repuso Jude que, además de hacer de abanderada de su mejor amiga y de Freddy, tenía que lidiar con sus propios nervios por tener a César delante–. ¿Lo has tratado alguna vez como a un adulto, César? ¿Como a alguien capaz de tomar sus propias decisiones?

–Estoy empezando a comprender por qué te ha enviado a hacer el trabajo sucio. Atacas como un pitbull.

–¡Eso es horrible! –exclamó ella, y apartó la mirada, con los ojos llenos de lágrimas.

Jude se secó los ojos con la manga del suéter y se quedó mirando hacia abajo. César le tendió un pañuelo inmaculado, pero ella se negó a tomarlo. Él le levantó el rostro suavemente y le enjugó las lágrimas con cuidado.

–Perdón por mi comentario –se disculpó él–. No venía a cuento.

Ella no era el tipo de mujer que llorara fácilmente y César lo sabía. De pronto, al tocar su rostro, deseó acariciarla. Deseó besarla y sentir la dulzura de su lengua. Quiso introducirle la mano debajo del suéter y sentir la calidez de sus pechos, acariciarle aquellos rosados pezones hasta ponerlos erectos. Y tuvo que hacer un esfuerzo hercúleo para dejar de lado aquellos pensamientos.

–Puedes quedarte el pañuelo.

Jude intentó recomponerse para pensar con claridad, a pesar de que seguía sintiendo el contacto de los dedos de él sobre el rostro, como una cálida caricia.

–De acuerdo –dijo César, y se recostó en su silla, tomando el control de sí mismo–. Admito que la idea del club de jazz podría funcionar y estoy dispuesto a reconocer que ha hecho bien en intentar centrarse, pero sigo teniendo serias dudas acerca de esa mujer…

–Dejarás de tenerlas cuando la conozcas –se apresuró a decir Jude, decidida a seguir insistiendo–. Lo que espero que sea pronto –afirmó y, al pensar en lo que había pasado su amiga, sintió de nuevo deseos de llorar. Para distraer sus pensamientos, se sonó la nariz y se puso en pie–. Creo que debemos regresar al hospital para ver cómo están. Freddy no ha llamado, por eso espero que todo vaya bien.

El tráfico hasta el hospital estaba atascado y el aparcamiento, lleno. Tardaron una hora más en conseguir ver a Freddy.

Cuando miró a Freddy a la cara, Jude supo de inmediato que Imogen estaba mejor. También supo que Freddy no tenía demasiadas ganas de hablar con César. Pero ella había hecho su parte, allanándole el camino. Así que, después de darle un abrazo a Imogen y de pasar a ver a la pequeña bebé, se dirigió a su cabaña.

César era demasiado ordenado, lo tenía todo demasiado controlado y esperaba que todo el mundo hiciera lo mismo, pensó Jude.

Era un hombre intransigente y autoritario. Su corazón era un témpano de hielo. Entonces, ¿por qué sentía tanta sintonía con él cuando estaba a su lado? ¿Estaría enamorada?

De pronto, Jude cayó en la cuenta de que así era. No podía dejar de pensar en él.

César representaba el último hombre por el que ella debería sentirse atraída, pero ¿acaso el amor era predecible y lógico como un juego de ajedrez?

Tras haberlo visto esa tarde, Jude sintió que su mundo se había puesto patas arriba. De vuelta en su casa, se dijo que le costaría mucho volver a recuperar el equilibrio. A pesar de que le había sacado de quicio muchas veces, algo dentro de ella seguía derritiéndose al estar en su compañía.

Y cuando la había tocado...

Jude se recordó a sí misma que la razón por la que la había tocado, de forma accidental, había sido porque la había hecho llorar. Ella había estado demasiado sensible, por todo lo que había pasado. Y aquel insulto había sido la gota que había colmado el vaso. ¡La había llamado pitbull!

Mientras se estaba haciendo algo de comer, alguien llamó a la puerta.

Pensó que debía de ser Freddy.

Dejó el sándwich a un lado y corrió a la puerta.

Al ver a César allí parado, Jude parpadeó confusa. Durante unos segundos, se preguntó si estaría viendo visiones.

—Pensé que te gustaría saber lo que ha pasado en el hospital.

—Claro.

—Entonces, ¿por qué no me invitas a pasar?

—¿Cómo has venido hasta aquí?

—Le pedí el coche a Fernando. Él va a dormir allí.

Jude sintió que su corazón se aceleraba y pensó en decirle que la había sorprendido en un mal momento, que estaba a punto de salir. ¿Pero adónde? ¿Y así vestida? ¿Y no le haría ver eso a César lo mucho que la afectaba? Sería mejor tratarlo como trataría a cualquier persona, se dijo.

—¿Cómo está Imogen? ¿Y el bebé? ¿Han mejorado? ¿Quieres algo de beber? ¿Té? ¿Café? —ofreció ella, mientras caminaba a la cocina, seguida por él.

—Imogen está mejorando deprisa. El bebé está tan bien como podría esperarse. Está mejor. Parece ser que tiene un peso muy saludable para ser tan... prematura. Un café, por favor.

—¿Y cómo estaba Freddy? —preguntó Jude, dándole la espalda.

—¿Cómo estaba respecto a qué? ¿A su novia? ¿A su hija? ¿O a su mentira?

Jude se puso tensa y no se giró para encararlo. Continuó preparando café y se dio la vuelta despacio para tenderle su taza.

—Pensé que, tal vez, habías venido a contarme que habías cambiado de opinión, que habías escuchado algo de lo que habíamos hablado. Si hubiera sabido que habías venido a repetirme las cosas que me dijiste antes...

—Escuché lo que me dijiste —afirmó César.

—¿Y?

—Le expresé a mi hermano mi decepción porque no me hubiera hablado de... esa parte de su vida personal... —empezó a decir él, e hizo un gesto para detenerla antes de que ella hablara—. No te preocupes. No soy tan malo como crees. Me doy cuenta de que mi hermano está pasando por un momento difícil. Me... controlé mucho.

Jude se dio cuenta de que él tenía aspecto de estar exhausto.

—Por supuesto, tuve que mencionarle que me lo

pensaría dos veces antes de poner toda su herencia en sus manos…

–Vaya, genial. En otras palabras, le hiciste saber que no confías en la mujer que él ama y con la que quiere casarse.

–En otras palabras, quiero que sepa que estoy dispuesto a invertir dinero en ese negocio suyo. Liberaré una parte de la herencia y…

–¿E Imogen? ¿La conociste al menos?

–Pensé que era mejor dejar que se recuperara.

–¿Y vas a volver a Londres ahora? ¿O te vas a quedar unos días para darle apoyo moral a Freddy?

César titubeó. Lo cierto era que había sentido una compasión inesperada por su hermano y que, además, le había prestado a las palabras de Jude más atención de lo que ella creía. Hacía un mes, habría lidiado con la misma situación de forma diferente. Se habría fijado sólo en los hechos: una corista rubia se había quedado embarazada; su hermano quería una gran suma de dinero que seguramente terminaría en manos de una mujer que se había aprovechado de él. Y, como resultado, le habría negado el acceso a su herencia.

Pero algo parecía haber cambiado.

¿Cuándo había empezado Fernando a temerlo?, se había preguntado César. ¿Cómo habían llegado al punto en que podía mantenerse en secreto algo tan importante como una hija?

Al escuchar las críticas de Jude, se había dado cuenta de algunas cosas.

Sí, había sido demasiado exigente con Fernando. De hecho, por primera vez en muchos años, se habían abrazado al despedirse, en el hospital. Antes de irse de allí, él había ido a ver al bebé y se había quedado largo rato mirándola en su incubadora, impresionado porque algo tan pequeño pudiera estar tan bien formado.

Por supuesto, se reservaría su juicio sobre la madre hasta que la conociera pero, después de hablar con Jude y ver a su hermano, estaba dispuesto a concederle a Imogen el beneficio de la duda.

Sin embargo, una rabia subyacente corría por sus venas ante el pensamiento de que Jude lo había engañado.

Lo único que podía pensar era que ella había dormido entre sus brazos, había hecho el amor con él y, aun así, le había ocultado algo tan importante. Ella lo llamaría lealtad hacia su hermano, pensó. Él lo llamaba traición deliberada.

Y, encima, se sentía furioso porque Jude lo había rechazado, había menospreciado el sexo que habían compartido como si hubiera sido un error, algo pasajero que debiera ser erradicado, fingiendo que nada hubiera pasado.

—Puede que me quede por aquí… Después de todo, tendré que hacer mi propio juicio de valor sobre esta persona.

—Te dije…

—Sé lo que me dijiste, pero resulta que me cuesta mucho creer las cosas que dices.

—¡Eso no es justo!

—¿No? No tienes ni un ápice de honestidad, ¿no es así, Jude?

—Te he explicado ya por qué hice… lo que hice.

César sabía que su conversación no iba a llegar a ninguna parte. También sabía que estaba siendo injusto con ella. Y no entendía por qué no podía dejar a un lado aquel asunto. No debía haber ido a verla. No iba a conseguir nada discutiendo con ella... De todos modos, le había pedido el coche a su hermano y, sin hacer caso de su lado racional, había conducido hasta allá.

–Mira las cosas desde mi punto de vista –sugirió él con tono helador–. Esa mujer y tú sois amigas desde la infancia.

César se puso en pie, sabiendo que estaba dejándose llevar y que debería callarse. Pero, al mirar a Jude, se enfureció porque seguía deseándola después de todo lo que había pasado. Nunca se había sentido tan vulnerable y no le gustaba sentirse así. No lo entendía y no lo necesitaba. Aquella mujer le había hechizado y quería hacer lo que fuera para sacarla de su vida.

Empezó a caminar hacia la puerta. Sabía que ella lo seguiría y así fue.

–¿Me estás diciendo que debo fiarme de tu palabra cuando me dices que esa mujer es inocente y pura como la blanca nieve y que no es una interesada? –preguntó César, y se giró para mirar a Jude.

Ella lo miraba con una expresión llena de fiereza, como si estuviera dispuesta a lanzarle el objeto más pesado que encontrara a mano.

–El hecho es que conoció a mi hermano en el club nocturno donde trabaja quitándose la ropa...

–¡No se quita la ropa! Al menos, no toda...

–Eso da igual. Has comprendido lo esencial.

–Creo que deberías irte.

–Y lo haré. Cuando termine de decirte lo que tengo que decir.

–Debería haber adivinado que no ibas a venir aquí sólo a darme las gracias –dijo Jude con amargura–. Debería haber sabido que no ibas a conformarte con simpatizar con Freddy y alegrarte por él.

–No me malinterpretes. Estaría encantado si pensara que Fernando fuera a embarcarse en una vida de alegría y satisfacción con una mujer que lo amara por ser quien es y no por el dinero que tiene. Y créeme cuando te digo que pienso ser del todo imparcial cuando tenga que valorar la situación...

–Tan imparcial como cualquier dictador podría serlo... –murmuró Jude.

–Pero no puedo evitar pensar que aquí ha habido una conspiración...

–¿Una conspiración? ¿De qué diablos estás hablando?

–¿Cómo sé que vosotras dos no os compinchasteis para pescar a Fernando? Conocíais su apellido y, aunque no supierais de qué familia venía, no habría sido difícil adivinar que tenía dinero. Mi hermano es un libro abierto. Además, con sólo dedicarle unos minutos a buscar en Internet, podríais haberlo sabido todo sobre los Carreño y su dinero...

–¡No puedo creer que estés diciéndome estas cosas, César! –exclamó Jude, y se dijo que, sin duda, el hombre que tenía delante era implacable, que tenía el corazón de piedra.

–¿Por qué? –preguntó él–. ¿Por qué no puedes creerlo?

–¡Porque deberías de saber que no soy esa clase de persona! Ya habíamos hablado de ello.

–Ya lo sé. Pero piensa un momento. ¿Te conozco yo de veras?

Jude se quedó cortada por ese comentario. ¿Lo diría él en serio? Había creído que, después de todo lo que habían compartido, él supiera que ella no era capaz de hacer esas cosas. Se puso rígida y su cuerpo adoptó una postura defensiva. ¡De ninguna manera iba a seguir justificándose ni iba a darle explicaciones!

Sin embargo, al pensar que él se iría con aquella mala impresión de ella, Jude sintió ganas de llorar.

—Si realmente piensas eso de mí, César, ¿qué puedo decir?

—Es verdad. ¿Qué puedes decir?

—Le das demasiada importancia al dinero, César. No puedes entender que, al final, no significa tanto. Sí, puedes tener el helicóptero de tu empresa y un coche caro, pero esas cosas no tienen ningún valor.

—¿Sigues haciéndote la altruista? Puede que te hubiera creído en una ocasión, Jude, pero después de lo que ha pasado, tendrás que excusarme si me muestro un poco escéptico.

—¿Por qué? ¿Por qué iba a tener que excusarte? Piensas mal de mí. Crees que sería capaz de hacer cualquier cosa por un poco de dinero.

—Todo el mundo tiene su precio.

—Eso es horrible.

—¿Lo es? Pues yo pensaba que sólo es ser realista —repuso él, la miró y sonrió con amargura—. Es una pena.

—¿El qué?

—Es una pena que no estés de acuerdo conmigo, porque si admitieras que todo el mundo tiene un precio, descubrirías que soy un amante muy generoso… y nosotros hacemos buena pareja, ¿no, Jude?

César le tocó la cara.

Jude se quedó helada. Durante un momento, sintió la calidez de su contacto y se dijo que le había entregado el alma al diablo. Quiso seguir disfrutando de su caricia, llevarlo a su cama.

Sin embargo, ella se apartó de golpe y posó la mano en el picaporte de la puerta. Cuando César se hizo a un lado, ella abrió, temblando.

–¿Cuánto tiempo piensas quedarte? –inquirió Jude, tensa.

–¿Por qué? ¿Pretendes tomar medidas para evitarme?

–¿Te extrañaría?

–Quizá, no –respondió César, y se encogió de hombros.

Él había dicho lo que había querido decir. Más que eso. Mucho más. Y algunas de sus propias palabras le habían dejado un amargo sabor de boca.

–Pero… no dejes que lo que piensas de mí influya en tu decisión sobre la herencia de Freddy. Ni en tu opinión sobre Imogen –pidió Jude, mirándolo con ojos limpios y decididos.

–¿Sigues con eso?

–Sigo esperando que haya una parte de ti que sea un poco humana.

César se sonrojó. No le gustaba lo que ella acababa de decir pero, para ser justos, no podía culparla.

Entonces, salió por la puerta abierta, directo hacia el coche de su hermano.

Desde su casa, Jude vio cómo el coche maniobraba a toda velocidad y se alejaba. Cuando cerró la puerta, estaba exhausta. El día había empezado mal con la llamada de Freddy y, desde entonces, no había hecho más que empeorar a toda velocidad, sobre todo desde que César había aparecido en escena.

Se sintió hundida. Le dolía la cabeza. Lo que necesitaba era darse un baño de agua caliente y meterse en la cama. ¿Pero qué haría una vez allí? ¿Mirar al techo en la oscuridad y pensar en César? ¿Pensar en lo que él le había dicho? No era posible que él lo hubiera dicho en serio, ¿o sí? ¿De veras pensaría que ella había hecho un plan con Imogen para apoderarse del dinero de Freddy?

César conocería a Imogen y se daría cuenta de que se había equivocado. De hecho, Jude sabía que lo que él le había dicho había sido una reacción ante las bruscas noticias que había recibido.

César se había desquitado, pero se había desquitado con ella. Y a ella le dolía que él se hubiera llevado la impresión errónea.

Entonces, pensó en los largos días que le quedaban por delante, días en los que él no estaría presente.

César había sido cruel y frío y ella intentó sentir rechazo hacia él, pero no pudo. Lo único que pudo sentir fue la calidez que se había apoderado de ella cuando la había tocado.

Capítulo 7

EN MENOS de una semana, Imogen y el bebé salieron del hospital. La pequeña María estaba empezando a ganar peso y Freddy, el orgulloso padre, estaba poniendo un gran esfuerzo en su club de jazz. La empresa había recibido el respaldo financiero de César, que había liberado parte de la herencia de Freddy.

–Estoy en periodo de prueba –le había dicho Freddy a Jude–. Y no puedo culparlo. Después de todo, he pasado gran parte de mi vida adulta derrochando el dinero. Mi hermano va a ser muy cuidadoso conmigo.

Jude estaba feliz por Freddy. César le había dado el beneficio de la duda y, mejor aún, le estaba dejando hacerse cargo del todo de su nueva empresa. Freddy tenía experiencia en el negocio de los clubs nocturnos, sobre el que César no tenía muchos conocimientos. Algo muy positivo para la autoestima de Freddy.

Y había llegado el gran día. Una ceremonia civil en Marylebone, seguida por una comida en uno de los restaurantes más lujosos, que había cerrado sus puertas al público durante ese día.

Imogen le había contado que iban a dejar la luna de miel para dentro de unos meses, pero no parecía preocupada por eso. Su amiga estaba radiante y feliz con su recién nacido. Además, según Imogen, César era encantador y no entendía por qué habían hecho tanto lío ocultándole las cosas al principio.

Jude se había contenido de decirle que podía ser que los tiburones no mostraran sus dientes todo el tiempo, pero que eso no significaba que no fueran capaces de infligir graves daños. Ella lo sabía bien.

Todos eran felices. Menos ella.

Jude se miró al espejo. Tenía el aspecto de estar recuperándose de una gripe grave. Los ojos ojerosos, la cara demasiado delgada, expresión ansiosa.

En menos de dos horas, tendría que estar en el registro civil. Sería la primera vez en tres meses que volvería a ver a César, aunque el paso del tiempo no había conseguido suavizar el recuerdo de las crueles palabras que él le había dedicado. No había podido dejar de pensar en ello, ni siquiera en sueños.

Jude había escogido su vestido con esmero. Un vestido holgado verde que le llegaba por las rodillas con un aspecto muy juvenil. Incluso se había comprado un abrigo muy elegante, que no era del todo su tipo. Pero quería reunir el coraje necesario para volver a ver a César, ¿y qué mejor que una ropa que le hiciera sentir poderosa?

Lo único que le quedaba era ponerse el suficiente maquillaje como para ocultar su rostro preocupado.

Cuando el taxi llegó a buscarla, Jude tenía bastante buen aspecto, aunque se sentía fatal.

Lo peor de todo era que tenía que ver a César. No podía guardar la esperanza de confundirse entre la multitud. Tendría que verlo y tendría que hablar con él.

Miró el pequeño dispositivo de plástico que tenía sobre la cómoda y sintió un escalofrío de miedo.

Hasta hacía dos días, no se le había ocurrido que podía estar embarazada. Había tardado en darse cuenta que había tenido una falta. Sin embargo, había querido pensar que había sido a causa del estrés.

De hecho, había seguido diciéndose que no tenía nada de lo que preocuparse hasta que las líneas azules de la prueba de embarazo le habían dicho que sí tenía de lo que preocuparse. Mucho.

De hecho, no había dejado de recordar la última conversación que había tenido con César. Se había dicho que quizá él no pensara realmente que ella había conspirado con Imogen para timar a Freddy. Se había dicho que lo más seguro era que él mismo se hubiera dado cuenta de que la idea era ridícula.

Sin embargo, en el fondo, Jude temía que él la creyera capaz de manipular a alguien en su propio beneficio.

Si César pensaba eso, ¿cómo iba a reaccionar cuando ella le diera la noticia de su embarazo?

Jude le había dicho, cuando habían hecho el amor, que no había peligro. No le había explicado que se había basado en el viejo y poco fiable método de los ciclos menstruales. Lo más probable era que César hubiera asumido que tomaba la píldora, aunque sería raro algo así, teniendo en cuenta que ella le había dicho que llevaba mucho tiempo sin acostarse con nadie.

César no buscaba comprometerse y, menos aún, un embarazo no deseado. De hecho, en lo que se refería a las mujeres, César no buscaba otra cosa que no fuera sexo.

El camino hasta el registro civil fue una pesadilla. Había mucho tráfico y Jude tuvo mucho tiempo para darle vueltas a todas las horribles posibilidades que podían estarle esperando.

Incluso pensó que hubiera sido mejor pedir una cita con él en su oficina aunque, tal vez, él ni siquiera le habría respondido al teléfono.

Había decidido hablar con él ese día porque sabía que César estaría allí, tendría que verla y hablar con ella. En algún lugar tranquilo después de la fiesta. En cualquier caso, no importaba dónde tuviera lugar la conversación, se dijo a sí misma con el estómago encogido. Todos los lugares le parecían igual de inadecuados.

La lista de invitados había sido reducida a veinticinco. Algunos familiares cercanos de España y amigos. Habían planeado hacer un viaje a finales de año para visitar al resto de la familia, cuando María fuera un poco mayor.

Cuando el taxi por fin llegó al edificio, Jude vio que los invitados ya estaban reunidos en las escaleras. En lo alto, estaba César hablando con Imogen, con las manos en los bolsillos.

Jude salió del taxi y respiró hondo antes de caminar hacia la entrada, dándose cuenta de que César interrumpía durante un segundo su conversación para mirarla. Sin embargo, enseguida, él continuó hablando con Imogen, dejando claro que, aunque se había percatado de su presencia, era indiferente a ella.

Así que el tiempo no había suavizado el disgusto que César sentía por ella, se dijo Jude con tristeza.

César había hecho las paces con su hermano, había aceptado a Imogen como cuñada, pero no parecía querer perdonarla a ella.

Jude fue la última en llegar y se disculpó por ello con Imogen. Mientras, la pequeña María estaba haciendo pucheros y movía los puños enojada.

–Le acabo de dar de comer –dijo Imogen–, pero tiene hambre de nuevo. Come como… bueno, como Freddy… –añadió, riendo–. ¿Estás bien? Pareces un poco abatida, Jude –le susurró a su amiga.

–Estoy trabajando mucho últimamente –respondió Jude.

Jude no le había contado nada a Imogen sobre lo que había pasado con César y, por suerte, su amiga había estado demasiado ocupada como para hacer preguntas.

–Pronto podremos volver a salir juntas –prometió Imogen–. Cuando mi vida se estabilice un poco. Ahora me siento bien, pero es increíble cómo algo tan pequeño como este bebé puede convertirte en una zombi.

–Bueno, estás muy guapa para ser una zombi –comentó Jude con sinceridad.

La ceremonia fue breve pero muy emotiva y la pareja parecía muy feliz. Incluso un cínico incrédulo como César no podría evitar darse cuenta de que estaban realmente enamorados, pensó Jude.

Sin embargo, Jude prefirió no comprobarlo y no lo miró a los ojos. De hecho, se esforzó por esquivar su mirada. Cuando ella tuvo que firmar en el libro del registro como testigo, notó la presencia de él, como una roca de granito, a su lado.

No estaba segura de cuándo iba a llevárselo a un lugar apartado y, como una cobarde, no hizo más que mantener la distancia con él, al menos toda la posible, teniendo en cuenta que estaban sentados uno en frente del otro en la misma mesa.

Jude centró su atención en uno de los primos de César y Freddy, un niño de nueve años a quien le encantaba el fútbol. Ella sabía poco de ese deporte, pero aprendió mucho, mostrándole todo su interés al niño.

Jude apenas pudo disfrutar de la exquisita comida, que parecía no terminar nunca, plato tras plato tras plato. Al fin, llegó el brindis y César dedicó unas palabras a los recién casados, sin hacer referencia al sospechoso pasado de Imogen ni a sus previas dudas sobre la relación. Al verlo hablar con tanto encanto delante de los invitados, ella pensó que aquel hombre debía de ser un actor consumado.

Eran casi las cinco cuando se retiraron los platos de las mesas. Jude sentía el estómago revuelto.

Vio que César miraba su reloj, una clara señal de que estaba a punto de irse, y lo siguió hasta la puerta del restaurante. Posó la mano sobre el brazo de él.

César se giró. La miró y miró la mano que lo sujetaba.

–César… hola –saludó Jude con nerviosismo, siguiéndolo mientras él salía del restaurante–. ¿Cómo estás?

–Como puedes ver, mejor que nunca. ¿Querías algo?

–¿No seguirás enfadado conmigo?

–¿Por qué iba a estarlo? –replicó él, mirándola con dureza–. Sobreestimas tu importancia, Jude.

César había sabido que la vería, por supuesto, pero aún no se había sentido preparado. Jude tenía un aspecto más frágil que la última vez que la había visto, lo que le hizo pensar en lo vulnerable que había sido ella entre sus brazos. Era un pensamiento que no quería alentar. Para ahuyentarlo, había preferido recordar cómo ella le había ocultado la verdad. Él era un hombre que sabía aprender de sus errores, se recordó.

Fortificado por ese pensamiento, César la miró con frialdad.

−Yo… César… tenemos que… hablar.

−¿Ah, sí? −repuso él, y volvió a mirar su reloj, como indicando que tenía prisa.

Era sábado por la noche y lo más probable era que hubiera quedado con alguien, se dijo Jude, que no podía soportar imaginarlo con otra mujer.

−Sé que tienes cosas que hacer… sitios a los que ir…

−Nada que sea asunto tuyo −le espetó César, e hizo un gesto a su chófer, que aparcó el coche delante de él. Lo cierto era que pensaba cenar solo en un restaurante italiano y pasar el resto de la noche ante su ordenador, leyendo tres informes y contestando correos electrónicos.

−Claro. Sólo quería ser educada.

−Bueno, considérate libre de ese deber.

El chófer se apresuró a abrirle la puerta a César, que se apoyó en el coche antes de entrar.

−Por lo que a mí respecta, ya nos hemos dicho todo lo que había decir, ¿no crees? −añadió él.

−Todo, no.

−¿No? −preguntó César, sin poder dejar de mirarla, a pesar de que sabía que su coche no podría estar estacionado mucho más tiempo en aquella parte tan transitada de Londres. Y a pesar de que se había dicho cientos de veces que aquella mujer no significaba nada para él.

–Quizá podríamos ir a tomar… un café a alguna parte… –propuso Jude, aunque ya había tomado dos tazas después de la comida y sabía que no era bueno para su bebé tomar más cafeína.

–No se me ocurre ni una sola razón por la que yo querría tomar un café contigo.

–Porque quiero hablar contigo y es lo menos que me debes.

César soltó una carcajada de incredulidad.

–¿Cómo dices?

–Puede que sólo quieras sacarme de tu vida pero… vamos a seguir viéndonos a menudo y puede que tengamos que pensar cómo hacerlo sin tener que ignorarnos uno al otro. Si nos ignoramos, Freddy e Imogen van a empezar a hacernos preguntas –señaló ella, pues fue lo único que se le ocurrió. No iba a darle la gran noticia en medio de la calle, mientras el chófer impaciente lo esperaba en el coche.

–Es mejor que entres –repuso César con nerviosismo–. Si no, vamos a provocar un atasco de tráfico.

Jude se sentó en el asiento trasero con él. No sabía si César había decidido hablar con ella porque lo había convencido o sólo porque se había hartado de estar de pie junto a la puerta abierta de su coche.

–Yo… me he dado cuenta de que Freddy y tú habéis arreglado vuestras diferencias… –balbuceó Jude. Tenían algo mucho más importante de lo que hablar, se dijo, pero quizá le resultara más fácil si conseguía que él se abriera un poco.

–No tuve mucha elección –replicó César, y se inclinó hacia su chófer para darle la dirección del restaurante italiano. Luego, se volvió hacia ella–. El hecho ya estaba consumado, yo sólo podía ponerme en pie de guerra y privarle a Fernando de la posibilidad de probar su valía o liberar su herencia y darle la independencia que él quería –añadió, y se encogió de hombros–. Si ha sido lo bastante hombre como para dejar embarazada a una mujer, y me parece que no fue algo imprevisto, entonces tendrá que ser lo bastante hombre como para manejar sus finanzas y mantener a su familia.

Todo parecía muy civilizado, observó Jude. Pero los ojos de César seguían siendo fríos y desconfiados.

–Y… ¿Qué te parece Imogen? ¿Ya no piensas tan mal de ella?

–¿Por eso querías verme? ¿Para comparar opiniones?

Jude apartó la mirada, aunque le resultaba difícil, pues se sentía hipnotizada por aquellos ojos oscuros y penetrantes.

–Pensé que ibas a ser menos tolerante de lo que lo has sido –comentó ella.

César había visto a su hermano hundido por la preocupación en el hospital y, luego, lo había visto con Imogen. Se había dado cuenta de cómo se miraban el uno al otro y había tenido que admitir para sus adentros que, a veces, la realidad tenía más matices entre el blanco y el negro de lo que él solía creer.

Además, a pesar de estar muy débil, Imogen se las había ingeniado para hablar a solas con César y había insistido en firmar un acuerdo de separación de bienes antes de la boda. También, Imogen había hecho un cálculo aproximado de la cantidad que Fernando necesitaría de su herencia y el cálculo coincidía bastante con lo que César había pensado. Todo ello había hecho que él se replanteara sus ideas preconcebidas.

—Por supuesto, seguiré de cerca el negocio de mi hermano. Al menos, hasta que esté en marcha y funcionando bien.

—Freddy dice que tú no sabes mucho sobre cómo llevar un club… —observó ella con una ligera sonrisa.

—Es cierto. Fernando ha descubierto un área en la que soy bastante ignorante y él es experto. Creo que eso lo hace muy feliz.

—¿Quién puede culparlo? Vivir a tu sombra debe de haber sido bastante pesado.

—Me lo tomaré como un cumplido —contestó César. Ésa era una de las razones por las que Jude le había calado tan hondo, pensó. En su vida diaria, estaba rodeado por aduladores que agachaban la cabeza con tal de ser incluidos en su círculo. Aunque lo hiciera sin querer, Jude parecía llevar un alfiler metafórico diseñado para pinchar la burbuja que lo rodeaba.

—Así es —dijo Jude de inmediato—. Nunca pensé que te oiría reconocer que fueras ignorante en nada. Supongo que hay muchas cosas de ti que no entiendo.

El coche paró despacio delante de un pequeño restaurante. Jude se obligó a mantener la calma mientras entraban. César era un habitual en el local y los llevaron a la mejor mesa, una pequeña en un rincón, donde había menos ruido, con dos enormes plantas a los lados que daban la sensación de privacidad.

—Yo no tengo hambre —dijo ella.

—¿Ah, no? No te vi comer nada en la boda.

¿Se había fijado en lo que había comido?, pensó ella.

—Tomaré sólo… zumo de naranja —pidió Jude.

Tras pedir unos calamares y bebidas, César se recostó en su silla, con un brazo descansando en el respaldo, y la miró.

—Estamos consiguiendo comportarnos como adultos, ¿no crees? —dijo él.

—Cuando me acusaste de tramar un plan con Imogen para robarle a tu hermano su herencia, ¿lo decías en serio?

—¿Por eso querías hablar conmigo, Jude? ¿Porque querías limpiar tu reputación?

—Entre otras cosas —murmuró ella.

—¿Qué otras cosas?

—¿No respondes a mi pregunta?

César la miró despacio. Le gustara o no, ella tenía un poco de razón. Jude era amiga de la esposa de su hermano y él pretendía ver más a Fernando y mejorar su relación fraternal. Sin duda, iban a tener que verse, teniendo en cuenta lo del club de jazz. Y, aparte de eso, era muy probable que se encontraran a menudo. En el bautizo del niño, para empezar. Tenía sentido dejar las hostilidades.

—Confieso que pude decir una o dos cosas que no eran del todo exactas. Ésa fue una de ellas.

—¿Y las otras?

–¿Te preocupa? –preguntó él, como si no le diera importancia.

César se la imaginó perdiendo el sueño por lo que él le había dicho, dando vueltas en la cama, incapaz de hacer nada a derechas durante el día. Al imaginarlo, su humor mejoró un poco.

–Sólo pienso que no es justo que te llevaras una impresión tan mala de mí –respondió ella, temiendo el momento de contarle que estaba embarazada.

–De acuerdo. Pude conocer a tu amiga y lo cierto es que no os puedo imaginar a las dos intentando tramar una conspiración. ¿Estás satisfecha? No suelo equivocarme nunca sobre nada ni sobre nadie, pero esta vez puede que me dejara llevar por la rabia. No olvides que fuiste tú quien me ocultó algo muy importante.

–Y Freddy también –señaló ella.

–Freddy tenía sus motivos.

–Yo también. Estaba siendo leal.

–Eras mi amante. Tu lealtad debió haber sido para mí.

–¿Y qué más?

–¿Qué más… qué? –preguntó César, con un calamar en la boca.

–Has dicho que dijiste una o dos cosas que no eran del todo exactas. Has mencionado una. ¿Y la otra?

César se tomó su tiempo para masticar. Luego, dio un trago a su vino blanco, saboreándolo.

–Estaba furioso porque me sentía engañado por ti. Sigo estándolo. Sin embargo, no te considero una cazafortunas, aunque no pondría la mano en el fuego por ti, claro. Aceptémoslo, si mentiste una vez, podrías mentir mil veces. Pero, por lo que te conozco, no creo que seas capaz de utilizar a Freddy para sacarle el dinero. Eso es. Creo que ya tenemos una buena base para poder relacionarnos de forma civilizada en el futuro.

–¿Relacionarnos de forma civilizada?

–Sí. ¿Por qué? –preguntó él, y se incorporó para mirarla a los ojos–. ¿Esperabas más?

Algo parecido al placer recorrió las venas de César, haciendo que hubiera valido la pena la reunión inesperada. Para empezar, disfrutaba de la compañía de Jude, aunque le costara admitirlo.

Sin embargo, por supuesto, no iba a volver con ella. Ya le había ofrecido una oportunidad y ella la había rechazado. Además, había demostrado que era una traidora.

De todos modos, César no podía negar que le complacía el que ella estuviera dispuesta a arrastrarse ante él. Sin duda, Jude había tenido tiempo para pensar en lo que él le había dicho. Habría ponderado la idea de que no podía aislarse del sexo contrario mientras esperaba a su príncipe azul. Los sueños estaban bien siempre que no interfirieran con el día a día, pensó él.

Durante un instante fugaz, César visualizó la imagen de su hermano riendo con Imogen cuando habían cortado la tarta nupcial. Sus ojos habían estado llenos de ternura, de amor, y ella le había sonreído con la misma expresión.

–No, claro que no –repuso ella–. ¿Por qué iba a esperar más?

–Ni idea, porque no te ofrezco nada más –contestó César, e hizo una seña al camarero para pedir la cuenta. Le pareció percibir algo de ansiedad en el rostro de Jude.

–Mira, es difícil para mí, pero hay algo que tengo que decirte.

César se quedó callado, notando la urgencia en la voz de ella. Intuyó que había algo más, aparte de que quisiera que se llevaran bien porque era conveniente. Jude estaba jugueteando nerviosa con la servilleta y, cuando lo sorprendió mirándola, escondió las manos en el regazo.

–Adelante. Pero te aviso que no tengo toda la noche.

–No –dijo ella, y recordó que lo más probable era que César hubiera quedado con alguna mujer rubia de piernas largas.

–¿Te acuerdas… en la cabaña? ¿Cuando hicimos el amor?

Sorprendido por la pregunta, César frunció el ceño.

–Claro que lo recuerdo, aunque creí que teníamos que fingir que nunca había pasado.

–Yo dije eso, ¿no?

–¿Luego descubriste que no era tan fácil tener amnesia selectiva?

–Sí.

–Así que no quieres tener nada conmigo… pero, según tú misma admites, no has podido olvidarme…

–No es tal como dices… No sé cómo decirte esto… Lo más probable es que no te guste, pero… César, estoy embarazada.

César se quedó helado. El silencio entre los dos se hizo absoluto.

–Estás bromeando, claro –dijo él al fin, un poco pálido.

—Nunca bromearía sobre algo así.

—¿Cómo lo sabes?

—Porque me hice la prueba hace dos días. Me la hice tres veces. Son unas pruebas muy certeras.

—No puede ser. Me acuerdo de cuando hicimos el amor en tu cabaña. Y recuerdo que te lo pregunté y me dijiste que tomabas medidas.

—Sí, pensé que no había peligro de embarazo. Lo pensé de veras. Calculé cuándo había tenido el último periodo y era un momento seguro, pero...

César estaba conmocionado. Cuando Jude le había dicho que tenían que hablar, no había sabido qué esperarse. Desde luego, no había sido aquello. ¿Por eso ella se había mostrado tan desesperada por saber si la creía capaz de utilizar a su hermano? ¿Porque necesitaba saber si la creería capaz de utilizarlo a él?

—¿Fue a propósito? –preguntó él, prefiriendo no dar nada por sentado.

—¡Claro que no! —exclamó Jude–. ¡Yo me quedé tan conmocionada como tú cuando... me hice la prueba! –añadió con los ojos llenos de lágrimas y los puños apretados.

—De acuerdo. Te creo.

Jude se sintió aliviada. Había esperado que César no la creyera y la acusara de infiltrarse en su vida y de utilizar la situación para ventaja propia.

Al menos, esa posibilidad estaba descartada. Eso la dejaba cara a cara con la realidad. César y ella ya no estaban juntos y a él le había costado poco despedirse de ella. La situación no iba a cambiar con el embarazo, se dijo, pero tendrían que llegar a algún tipo de acuerdo civilizado.

Jude nunca había imaginado que se quedaría embarazada de un hombre que no la amara. Siempre había querido tener hijos en una relación llena de amor. Pero la realidad era diferente.

—No he venido a pedirte nada —dijo ella—. Soy bastante realista. Tuvimos una breve aventura, pero no hay nada entre nosotros… así que tendremos que pensar qué haremos… cuando nazca el bebé.

—¿Cómo que qué haremos?

—Sí… sobre los días de visita… Sé que es pronto… pero es mejor arreglar las cosas cuanto antes… Quizá, debería darte algunos días para pensar las cosas un poco… dejar que se asienten…

—¿Que se asienten? ¡Ya están asentadas! —exclamó él, mirándola aturdido, imaginando a su hijo dentro del vientre de ella. Nunca había contemplado la posibilidad de ser padre, no era algo que encajara con su estilo de vida.

—Nada tiene por qué cambiar para ti —se apresuró a decir ella—. Es problema mío.

—¿Tuyo? ¿De qué planeta vienes, Jude? Te guste o no, esto lo hice yo al cincuenta por ciento.

—Pero es culpa mía. No tuve el suficiente cuidado. Debí haberlo pensado mejor.

—No tiene sentido debatir de quién es la culpa. Ahora mismo tenemos que salir de aquí, ir a algún sitio donde podamos hablar en privado —propuso él, y se levantó para pedir la cuenta de nuevo—. Mi casa está aquí a la vuelta. Iremos allí.

Capítulo 8

EL PISO de César estaba a cinco minutos caminando. Era lógico salir del restaurante, ir a un sitio más íntimo para hablar, pero Jude se sentía aún más nerviosa. Se abrazó a sí misma, perdida en sus pensamientos.

–Hemos llegado.

Jude miró hacia la casa de cuatro pisos al estilo georgiano, nueva, con un camino hacia la entrada bordeado por arbustos impecables. Era un edificio de lujo, como lo demostraban también los coches caros aparcados a ambos lados de la calle. Incluso en la oscuridad, estaba claro que aquella era una parte de Londres destinada a los más ricos, muy diferente de la zona en la que ella se había reservado una asequible habitación de hotel para pasar la noche.

Dentro, la entrada estaba adornada con más plantas muy bien cuidadas. Jude siguió a César al ascensor, que subió al piso segundo. ¡La casa de César ocupaba los dos pisos de arriba del edificio!

Jude miró a su alrededor por un momento, olvidándose de la seria situación que la había llevado allí.

Los suelos eran de madera clara, abajo estaban el cuarto de estar, la cocina y algunas otras habitaciones. Subiendo por una escalera de caracol de hierro, estaban los dormitorios, los baños, más de los que pudo contar. Estaba increíblemente limpio y cuidado y ella pensó que la casa sería perfecta para la portada de una revista de decoración.

–Muy bonito –dijo Jude con educación, y se dirigió a uno de los sofás de cuero color crema, aunque no se atrevió a sentarse.

–No te morderá –dijo César–. Es sólo un sofá.

El aire fresco de la noche había sacado a César de su conmoción inicial. No quería volver a pensar cómo iba a cambiar su vida. Había tantas cosas que tener en cuenta que lo mejor era centrarse en el hecho de que iba a ser padre. Ponderar las consecuencias no lo llevaría a ninguna parte.

–Voy a servirme un café. ¿Quieres uno?

–Gracias, no. Creo que ya he tomado suficiente hoy.

Jude observó los cuadros abstractos de las paredes y las esculturas colocadas sobre la moderna chimenea.

Al estar allí, en el piso de César, ella se dio cuenta de lo mucho que iba a afectarle a él el hecho de ser padre. Su piso reflejaba a César a la perfección. Era un hombre que no daba cabida al desorden, algo que siempre seguía al nacimiento de cualquier bebé.

–Lo siento –se disculpó ella–. He pensado esto un poco y creo que podemos arreglarlo para que tu vida no se vea afectada –señaló, titubeante–. Puedo ocuparme del niño yo sola y, por supuesto, puedes visitarlo siempre que quieras o cuando tengas tiempo…

–¿Visitarlo cuando quiera…? ¿Cuando tenga tiempo…? No estamos hablando de una galería de arte, Jude. Estamos hablando de un niño. Mi hijo.

–Bueno, sí, me doy cuenta…

César tomó un trago de café y la miró. Jude tenía la cabeza gacha, los ojos fijos en la alfombra persa a sus pies.

–No estoy seguro de que te des cuenta –continuó César–. Mis derechos como padre irán más allá de las visitas ocasionales cuando tú des el visto bueno. Para empezar, está el tema del dinero. Puede que no seas materialista, pero un hijo mío no va a pasar por ningún tipo de penalidades. Tanto tu futuro como el futuro de mi hijo estarán asegurados. Te doy mi palabra.

César se quedó en silencio unos segundos, para dejar que ella asimilara lo que había dicho.

–¿Penalidades? ¡César, tengo un trabajo! Sé que quizá no gane lo que tú consideras suficiente para vivir. Pero tu idea de lo que hace falta para vivir… es diferente por completo de la de la mayoría de la gente –indicó ella, y miró a su alrededor. Aquellos cuadros podían costar más de lo que costarían unas vacaciones en el extranjero. ¡Mucho más!–. ¡Esto no es la vida real!

–De acuerdo, pero ésta es mi vida y es la vida que disfrutará mi hijo.

–¿Qué intentas decir? –preguntó ella, y se llevó la mano al vientre, poniéndose pálida. No había pensado en eso. ¿Qué pasaría si César quería quedarse con el niño y pedía la custodia?–. ¡No me quitarás a mi bebé!

–¡Claro que no voy a quitarte al bebé! ¿Qué clase de hombre crees que soy? Un niño necesita a su madre, a su padre también, lo que nos lleva adonde quería llegar.

Jude asintió, aliviada.

–Estoy dispuesto a daros seguridad financiera, pero un niño necesita más que eso –prosiguió César–. Como tú dices, no se trata sólo de dinero…

–De acuerdo.

–Y tener a sus dos padres es algo más que dejar que yo lo visite una vez a la semana durante tres horas. Pretendo estar al lado de mi hijo de forma permanente. Vivir contigo. Con nuestro hijo. Juntos. Como una unidad. Casados.

Jude tardó unos segundos en procesar la información.

–¿Estás diciendo que quieres casarte? ¿Conmigo? –repitió ella, y se rió con incredulidad–. Es la cosa más ridícula que he oído en mi vida.

–Ningún hijo mío nacerá fuera del matrimonio –repuso César, tenso.

–¡César, estamos en el siglo XXI! Por si no te habías dado cuenta, el embarazo y el matrimonio no tienen por qué ir de la mano. Además, sería hipócrita, teniendo en cuenta que no te parecía bien que tu hermano hiciera lo mismo.

–Quería proteger a mi hermano de que alguien se aprovechara de él por su dinero. Es diferente. De todas maneras, nos estamos saliendo del tema –afirmó él, y se puso en pie.

Comenzó a dar vueltas por la habitación y, al fin, se detuvo delante de ella y se sentó a su lado en el sofá.

–Tendrás que admitir que es mejor tener una familia con dos padres –dijo él después..

–Sí, en un mundo ideal. Pero no estamos viviendo en un mundo ideal, César –le espetó ella, pensando que nada le habría gustado más que César le pidiera en matrimonio y formaran una familia feliz juntos–. ¿Por qué quieres que me case contigo, César?

–¿No es obvio? –repuso él, frunciendo el ceño. Se había portado como un caballero, había hecho lo único que podía hacer y, en vez de alegrarse por todos los beneficios de su oferta, Jude se reía de él y luego le pedía explicaciones por su oferta.

–César, no puedes casarte con alguien sólo porque está embarazada de ti y esperar a que eso funcione. ¡Ni siquiera hemos salido juntos! –señaló ella, y suspiró–. ¿Estarías aquí sentado, hablando conmigo, si no estuviera embarazada?

–No se trata de eso.

–Sí se trata de eso –contestó ella, y se dio cuenta de que César no contaba con que rechazara su propuesta de matrimonio–. ¿Habías pensado alguna vez en volver a casarte o en tener una familia? No, no me respondas porque ya sé que la respuesta es no.

–Las cosas han cambiado… Nunca había estado en esta situación antes…

–No hace falta que me case contigo por eso…

Jude se dijo que estaba loca. ¡Lo amaba! No había nada que quisiera más que acostarse con él por las noches y levantarse con él por las mañanas. Quizá, si se casaba con él, César llegaría a amarla. Las relaciones se construían día a día, ¿no era así?

¿Pero y si no era así?

No era un mundo ideal, pensó Jude, y si César se sentía atrapado en el matrimonio, enseguida se mostraría resentido. Estaba acostumbrado a hacer lo que quisiera. ¿Cuánto tiempo tardaría en querer recuperar su libertad?

–Sé que crees que haces lo correcto –dijo ella con suavidad–. Pero mi respuesta tiene que ser no.

–No se trata sólo del niño… Todavía… todavía me gustas…

–Pero puede que tú no me gustes a mí…

–¿Quieres que lo comprobemos? –preguntó él, y la acercó a su lado, posando la mano en la nuca de ella.

Jude se estremeció mientras la besaba con pasión.

César la llevó en brazos a su dormitorio. Cuando la tumbó en la cama, ella comenzó a sentarse, reuniendo fuerzas para salir de allí, pero se le quedó la boca seca al verlo desnudarse, dejando al descubierto ese hermoso cuerpo con el que no había dejado de soñar.

Sí, él la deseaba. Tenía la prueba delante y, aunque eso no tuviera nada que ver con el amor, era demasiado poderoso. Jude se quitó los zapatos de tacón.

César le quitó el vestido con un solo movimiento, y las medias.

Cuando le desabrochó el sujetador de encaje, ella gimió y le acarició lo hombros con ansiedad. Arqueó la espalda para ofrecerle los pechos y cerró los ojos.

Al sentir la lengua de él lamiéndole los delicados pezones, Jude sintió un delicioso placer y deseó que no se detuviera nunca. Entreabrió los ojos y lo vio allí, dedicándole a ella toda su atención. Su excitación no pudo ser mayor.

Mientras continuaba lamiéndole los pezones, César recorrió el cuerpo de ella con la mano, se detuvo en su estómago e introdujo los dedos por debajo de sus braguitas.

Cada milímetro del cuerpo de Jude gritaba de placer, mientras él seguía saboreándola y acariciando su zona más húmeda con los dedos.

En un gesto de gran intimidad, César comenzó a bajar y la besó en el estómago, luego más abajo, besándola hasta llegar a su punto más íntimo.

Jude se arqueó para acercarse más a su boca y se apretó contra él según las sensaciones que iban explotando en su interior eran más y más excitantes.

Durante el día, ella se había repetido muchas veces las duras palabras que César le había dedicado antes de separarse, utilizándolas como una herramienta de autoprotección, pero por las noches no había podido dejar de soñar con aquello... La sensación de su lengua dentro de ella, sus manos recorriéndole todo el cuerpo. Le pareció como si estuviera viviendo un sueño.

Entonces, Jude se escuchó a sí misma gritando el nombre de él, mientras César la penetraba y la poseía con lentas y seguras arremetidas.

Las oleadas de éxtasis llegaron a su clímax y tardaron un rato en difuminarse, dejando a Jude extenuada.

—Hacemos buena pareja —murmuró él, y la tomó entre sus brazos—. Dirás que no quieres casarte conmigo, pero para que cualquier matrimonio funcione debe haber pasión y no puedes negar que entre nosotros la hay.

—No lo niego, César —repuso ella, apartándose de él.

Jude se preguntó cómo había podido sucumbir a

sus encantos. Si no fuera porque lo amaba, habría podido resistirse, habría tenido las fuerzas necesarias para no irse a la cama con él.

Tenía que pensar en el bebé y acostarse con César no iba a hacer más que complicar las cosas, se recordó ella.

–No voy a casarme contigo porque no estaría bien –afirmó Jude, y se giró para salir de la cama.

–¡No vamos a pasar por esto de nuevo! –exclamó César, deteniéndola–. No vamos a fingir que no ha pasado nada. No puedes negar que disfrutamos al hacer el amor.

–¡Yo no he dicho lo contrario! Sólo digo que ha sido un error.

–¿De veras? Tu cuerpo no decía lo mismo cuando lo tocaba.

–César, eso no es suficiente. Ahora tengo que irme. Te he dicho lo que quería decirte. No tenemos por qué vernos más, al menos hasta que no se acerque la fecha del nacimiento. Entonces, podemos hablar de todo en más detalle –le espetó ella. Salió de la cama y comenzó a buscar sus ropas, que estaban en el suelo, mezcladas con las de él.

–Necesitas que alguien te cuide.

–¡Estoy embarazada, no enferma!

–Y eso de que vivas en mitad de ninguna parte no me conviene mucho.

–¿Sabes qué, César? No se trata de lo que te conviene o no –señaló ella y, ya vestida, sacó sus zapatos de debajo de los pantalones de él.

–No puedes volver sola –dijo él, se levantó de la cama y comenzó a vestirse.

Aquel día había resultado ser horrible, se dijo César. De hecho, estaba ante la experiencia que más iba a cambiar su vida para siempre. Le resultaba cada vez más difícil recordar la tranquilidad de su matrimonio con Marisol. Aquellos tiempos le parecían casi irreales, sobre todo comparados con todos los enfrentamientos que estaba viviendo con Jude.

–¡Claro que puedo!

–¡No pienso desaparecer de la escena y reaparecer cuando tú lo consideres oportuno!

–¡No te estoy pidiendo que desaparezcas! Pero todo va a ser pura rutina en los próximos meses.

–Tendré que hacer pública la noticia y contárselo a mi familia en España. ¿Qué esperas que les diga? ¿Que voy a tener un hijo pero que su madre no quiere ni verme?

–¿De eso se trata? ¿De ajustarnos a los convencionalismos?

–Los convencionalismos no tienen nada de malo.

César estaba furioso porque, incluso después de hacer el amor con él y confesar que seguía deseándolo, Jude no dejara de comportarse de aquella manera. ¿Ella quería un príncipe azul? ¿Acaso no lo era él, que le había prometido un anillo de boda y una vida fácil? Jude no tendría que preocuparse por el dinero y podría dedicarse por completo a criar al bebé. ¿Cuántos hombres en su caso habrían ofrecido tanto? Sin embargo, nada parecía tener sentido en lo que se refería a aquella testaruda mujer.

–¿Dónde vas a quedarte? –preguntó él, y se puso los zapatos, sin calcetines, pues ella ya estaba llegando a la puerta, en vez de estar lánguidamente recostada entre sus brazos, deseando hacer el amor de nuevo.

Jude le dio el nombre del hotel y, a juzgar por la

zona donde estaba, César pensó que no era el lugar apropiado para que la madre de su hijo pasara la noche.

César se dio cuenta de que, de ser un bloque de hielo en la boda, había pasado a ser solícito y sobreprotector. Había creído que, seduciéndola de nuevo, la suavizaría y que ella reconsideraría su propuesta y aceptaría, pensando que sí, que era buena idea celebrar un matrimonio de conveniencia, tal y como mandaba la tradición. Por su parte, él pensaba casarse para evitar el deshonor de tener un hijo ilegítimo y disfrutar de su relación sexual con Jude hasta que se cansara de ella, pues sabía que la atracción siempre tenía un periodo de duración limitado. Ella seguiría en su casa, disfrutando de todas las cosas que el dinero podía comprar, mientras él tenía sus aventuras. La respetaría como madre de su hijo, pero nunca la amaría como a su esposa. El amor no entraba dentro de su oferta.

—De acuerdo, te llevaré allí yo mismo, pero no es un sitio apropiado. Tengo contactos en los mejores hoteles de Londres. Podría conseguirte una habitación en cualquiera de ellos —sugirió él.

—¡No quiero!

—¿Por qué demonios tienes que ser tan testaruda? —preguntó él, pensando que lo que más le apetecía hacer era tomarla en brazos y llevarla de nuevo a su cama, adonde pudiera vigilarla. ¿Cómo iba a poder concentrarse sabiendo que ella andaba por ahí sola, embarazada de su hijo?

—¿Soy testaruda? César, deberías mirarte a ti mismo. ¡Eres el hombre más obcecado del mundo! ¡No aceptas un no por respuesta!

–Estoy intentado ser práctico... y tú deberías estar deseando comprometerte...

–Me estoy comprometiendo. Vine a contártelo, ¿no es así? Podría habértelo ocultado. Podría haber desaparecido y nunca habrías sabido nada del bebé.

–Ése no es tu estilo, Jude. Eres demasiado honesta. Además, ¿adónde te habrías ido? ¿No crees que Fernando e Imogen se habrían mostrado curiosos cuando empezaras a ganar peso? De todos modos... entiendo que quieras estar sola y tener tiempo para pensar en lo que te he propuesto...

–¿Recuerdas lo que te dije acerca de la testarudez y la incapacidad de aceptar un no por respuesta? –señaló ella, mientras se acercaban al coche.

–Créeme, aún no sabes todo lo testarudo que puedo ser –respondió él, pensando que llegaría a convencerla para que se casaran–. De acuerdo... por el momento, aceptaré que tengas tus dudas ante mi oferta. Aunque no entiendo por qué, pero no quiero discutir. Ahora no es momento de discutir.

En la oscuridad del coche, César echó un vistazo al hermoso rostro de ella y se dijo que era desconcertante lo fácilmente que había aceptado la idea de ser padre. Por supuesto, él era un hombre capaz de enfrentarse a cualquier cosa. Pero la noticia que acababa de recibir le había molestado menos de lo que hubiera esperado.

–No, no lo es –dijo ella–. Estoy embarazada y las mujeres embarazadas no deben discutir. El estrés no es bueno para el bebé...

–¿Es lo que te ha dicho el médico? –preguntó César, tras detener el coche en el bordillo.

–¿Por qué has parado?

–Porque no quiero que me acusen de hacer nada que pueda dañar este embarazo.

–¡César, era una broma! –exclamó ella, y lo miró, sorprendida por su reacción–. ¿No irás a decirme que te alegra el embarazo!

–Estoy diciéndote que… no deberías estresarte… –dijo él, que no estaba dispuesto a admitir nada más–. Estoy aquí y puedo hacerme cargo de cualquier cosa.

–Ah –dijo Jude, y pensó que él no parecía tan disgustado ante la idea de ser padre, incluso daba la sensación de que le gustaba. Pero eso no significaba que le complaciera que ella resultara ser la madre.

–Pero, si yo estoy dispuesto a hacerme cargo de esto e incluirlo en mi vida, creo que tú también deberías hacer algún esfuerzo.

–¿No querrás estresarme?

–No. Lo cierto es que es al contrario… –afirmó él, y la miró con satisfacción–. Voy a hacer tu vida mucho más fácil y eso me hará sentir mejor –añadió, y puso el coche en marcha de nuevo–. Quiero que estés más cerca de mí –continuó, pensando que era extraño decirle aquello a una mujer. Pero las circunstancias eran excepcionales–. Soy muy tradicional. Lo sabes y tendrás que aceptarlo.

Jude suspiró y prefirió no tener en cuenta la arrogancia de César, que era parte de su forma de ser.

–La madre de mi hijo no puede vivir a sus anchas en el fin del mundo ni rechazar todas mis ofertas de ayuda a causa de su orgullo.

–¿A mis anchas? ¿El fin del mundo? ¿Orgullo? –repitió ella, pues todo lo que él acababa de decir le parecía grotesco.

–Mira, creo que sería mucho mejor idea que te mudaras más cerca de mí –dijo él, intentando calmarla–. No digo que vivas en el centro de Londres. Me doy cuenta de que tienes trabajo, pero eres una profesional liberal y trabajas a distancia, ¿no? Podrías trabajar en cualquier parte.

–Sí, pero…

–Eso pensé. Podrías alquilar tu cabaña. Para turismo rural o algo así. La gente está encantada de alquilar cabañas en medio de ninguna parte para las vacaciones, por razones que nunca he entendido. Así que dejas tu cabaña y te compro algo más cerca, en algún sitio al que yo pueda llegar rápido sin tener que utilizar helicóptero. Hay zonas muy bonitas en los alrededores de Londres, con carreteras accesibles y conexiones de tren.

Jude abrió la boca para informarle de que era fácil moverse desde su cabaña a todas partes, que había decorado su casa ella misma y que estaba orgullosa de ella. Pensó en decirle que debía de estar loco si creía que iba a poder manipularla para que pensara como él.

–No puedes comprarme una casa, así sin más –fue lo único que dijo ella.

–¿Por qué no? –replicó él, aparcando frente al hotel.

–Porque la gente no hace esas cosas.

–Pensé que ya habíamos dejado claro que no soy como los demás. Además, tienes derecho a ello. ¿Cómo te gustaría que fuera la casa?

Jude no tenía ninguna intención de aceptar algo así. De pronto, pensó en la casa de él, con sus suelos modernos, sus muebles incómodos de cuero y sus caras alfombras. Un sitio que no parecía hecho para ser usado.

—Desde luego, no como la tuya.

—¿Qué tiene de malo la mía?

—Odio los sofás de cuero. Es demasiado frío en invierno y se pega a las piernas en verano. El suelo debería ser de madera de verdad. Y los cuadros de círculos y líneas no tienen sentido.

—¿Algo más?

—¿No echas de menos tener un jardín? ¿Un pedacito de césped? ¿Un sitio donde puedas sentarte en verano a tomar un vaso de vino?

—No. ¿Qué más odias de mi piso?

—Lo siento —se disculpó ella, aunque demasiado tarde—. No parece un sitio para vivir —añadió, y se preguntó qué aspecto habría tenido la casa que él había compartido con su esposa. ¿Habría tenido un toque femenino? ¿Jarrones con flores, libros de recetas en la cocina, fotos enmarcadas de miembros de la familia?—. ¿Cómo era tu casa en España cuando estabas casado?

César frunció el ceño. No había pensado en ello antes. Cuando pensaba en un hogar, visualizaba la casa de Jude, su calidez, su comodidad, la chimenea con candela en el cuarto de estar.

—Grande —contestó él.

César pensó que debía dejarla ir a su hotel, pero se sentía a gusto a su lado. Racionalizó ese sentimiento diciéndose que era parte del proceso de crear de una relación más fácil con ella. Jude había dejado de ser una mujer con la que había tenido una breve aventura y que le había quitado el sueño por haber lastimado su ego. Se había convertido en alguien mucho más importante. Él tenía el deber de sentarse con ella, hablar, observarla.

–No recuerdo cuántos dormitorios ni cuántas salas de estar tenía. Mucho mármol.

–Vaya. Algo grandioso –señaló ella.

–Muy grandioso –afirmó él–. Regalo de sus padres.

–Unos padres muy útiles –bromeó Jude–. Aunque creo que a mí me gustan más las casas pequeñas y acogedoras.

–Lo sé.

–Bueno, ya me voy –se apresuró a decir Jude, pues no quería caer en sentimentalismos–. Estoy cansada –añadió, y bostezó.

Aquella noche, se permitiría el lujo de soñar con ideas románticas y acunarse en la calidez de las palabras de César, recordando cómo él le había dicho que quería tenerla cerca, se dijo Jude. ¿Qué daño podía hacerle soñar un poco? A la mañana siguiente, lo llamaría y le diría que no iba a consentir que le comprara una casa y que sería ella quien pondría las reglas.

Tres días después, Jude seguía intentando contactar con César. Según la secretaria de él, estaba de viaje, cerrando un trato de negocios. Tampoco pudo localizarlo en su móvil. De una vez por todas, se convenció de que la noción romántica de que César se preocupaba por ella era sólo fruto de su imaginación. A César lo único que le importaba era su trabajo. Era una prioridad absoluta para él.

Entonces, mientras estaba sentada delante de su

plato de cereales del desayuno, pensando con amargura lo que tenía que hacer y ensayando lo que iba a
decirle a César cuando al fin consiguiera localizarlo,
el timbre de su puerta la sobresaltó.

Jude abrió con una taza de té en la mano y allí estaba él. Parecía materializado de la nada y ella se
preguntó si de veras sería posible atraer a las personas con sólo pensar en ellas con fuerza.

Se quedó boquiabierta. Eran las siete y media de
la mañana y él tenía un aspecto increíblemente atractivo.

—¿Qué estás haciendo aquí? —gruñó Jude, recordando sus vanos esfuerzos por dar con él—. ¡He estado intentando hablar contigo!

—¿Siempre llevas eso puesto? —preguntó él a su
vez, mirando de arriba abajo el mismo chándal tan
poco favorecedor que Jude había llevado puesto
cuando había ido a encontrarse con ella en el hospital.

—¿Dónde estabas? —inquirió ella con voz estri-
dente.

—Tendrás que ir a cambiarte y ponerte algo más…
menos de andar por casa.

—¿Por qué? ¡No voy a ir a ninguna parte contigo!

—Y deja de ser testaruda. Hay algo que tienes que
ver.

Capítulo 9

E S ÉSTE el trato que me dijeron que estabas cerrando?

Acababan de dar la vuelta a la casa que César había amenazado con comprar.

Habían tardado menos de una hora en llegar a un pequeño pueblo a las afueras de Londres. Durante ese tiempo, César se había negado a revelarle la razón de su urgencia y se había esforzado por hablar de cosas sin importancia. Cada vez que ella había intentado sacar el tema para decirle todo lo que había ensayado decirle, él la había interrumpido y le había asegurado que hablarían de ello seriamente cuando él dejara de conducir y pudiera concentrarse bien en la conversación.

Y al fin habían llegado.

Era obvio que César había prestado mucha atención a las palabras que ella había dicho sobre su piso porque la casa en cuestión carecía de cualquier modernidad, aunque no cabía duda de que todos sus materiales eran de primera calidad. La cocina era de estilo rural con una estufa-cocina verde y el dormitorio tenía una cama con dosel con una exquisita colcha de cuadros hecha a mano.

–Éste era el trato que estaba cerrando –afirmó él, mirándola con intensidad.

César había tenido que hacerlo todo muy rápido pero, con todo su dinero a su disposición, no había tenido problema en localizar la casa ideal en el pueblo ideal, que estaba a una distancia prudencial de su piso y su oficina.

–Míralo bien antes de decir nada –sugirió César, anticipándose a las protestas de ella–. Si no te gusta la idea, respetaré tu decisión.

César tenía la esperanza de que, al ver la casa, Jude reconsideraría las cosas. Y, aunque no estaba seguro de conseguirlo, sabía que tenía más posibilidades de ello que hacía tres días, cuando ella había rechazado su propuesta de matrimonio.

Jude había hecho ruiditos de admiración al ver el pequeño jardín, con su huerto de manzanos y ciruelos, se había detenido a admirar las vigas de madera de la casa, la chimenea rodeada de azulejos victorianos y, en el dormitorio, había reconocido que siempre había querido tener una cama con dosel.

César estaba casi seguro de que ella iba a aceptar.

–Bueno, ¿qué te parece? ¿Te gusta?

–¿A quién no le gustaría?

Los dos estaban en la cocina, mirándose por encima de una mesa de pino, en cuyo centro había un jarrón con flores silvestres.

–No está a demasiada distancia del centro de Londres –comentó César, intentando convencerla sin que se notara demasiado–. Y no está lejos de donde vives ahora. Podrías ir allí con facilidad si tienes que ir por trabajo o para visitar amigos…

Para Jude era una tentación. César no la amaba, pero se sentía obligado a cuidar de ella porque estaba embarazada de su hijo. Por supuesto, ella nunca aceptaría casarse con él, pero le resultaba reconfortante pensar que César podría estar allí en un momento si lo necesitaba.

–Podría comprar la casa hoy mismo –señaló él con tono seductor–. Los dueños se han mudado al este y quieren vender también los muebles, si los quieres… Podrías mudarte para finales de esta semana…

–¡Ni siquiera lo hemos hablado! –objetó ella–. ¡Es una locura que pienses que puedes encontrarme un sitio para vivir sólo porque a ti te viene bien, sin molestarte en consultarme!

–¿Hubieras estado de acuerdo en ir a buscar casa conmigo?

–Quizá no, pero no se trata de eso.

–Claro que se trata de eso. No dejas de ponerme obstáculos para hacerme la vida todo lo difícil que puedes. Tomé una decisión, valoré el coste de oportunidad y elegí la mejor opción.

–¡Yo no soy una de tus empleados, César! ¡A mí no puedes darme órdenes!

–Nunca le compraría una casa a ninguno de mis empleados. Ahora que has visto el sitio, dime qué es lo que no te gusta.

–No es por la casa. ¡Claro que me gusta! Ya te lo he dicho. Es por tu presunción.

–¿Te refieres a la presunción de querer una situación que sea más o menos adecuada para mí y para ti? La casa te gusta, está en un buen sitio. Lo único que pasa es que quieres demostrar tu poder y ejercitar tu derecho a negarte. Llevas a mi hijo y estás en disposición de hacer que me someta a tus caprichos, y lo estás haciendo. ¿No es así?

–Claro que no –repuso ella, y lo miró enfurruñada–. Y no quiero demostrar mi poder. Hay una diferencia entre demostrar poder y tener una opinión.

–Dime qué objetas a esta casa, en concreto, y ahórrame los sermones.

–Tengo miles de cosas en mi cabaña...

–Se puede transportar cualquier cosa en un abrir y cerrar de ojos...

–Pero mudarse de casa es algo importante. De todos modos, no puedo dejar que la compres para mí...

–¿Y dejarías que la comprara para mi hijo? –preguntó César, y se encogió de hombros. El dinero no era tan importante: el precio de esa casa era como una gota en el océano para él–. Si quieres, la casa puede estar a mi nombre, hasta que nuestro hijo sea mayor de edad. Esos pequeños detalles no me preocupan.

Jude sintió que sus argumentos eran arrasados por la lógica y la determinación de César.

Además, el amor que sentía por él estaba minando todas sus objeciones. Le gustaba escuchar su voz, le emocionaba pensar que iba a poder verlo a menudo, deseaba ser su principal objeto de atención, aunque fuera sólo durante unos pocos meses...

–Bueno... –comenzó a decir ella.

En ese instante, César supo que había ganado y que Jude se mudaría. Le sorprendió lo aliviado que se sintió.

–Sigue sin gustarme mucho la idea... –puntualizó ella–. Pero supongo que puedo comprometerme a hacerlo y, cuando el bebé nazca, ya veremos qué hacemos.

–Como tú digas.

En menos de una semana, Jude trasladó sus últimos proyectos de trabajo a la casa y, durante este tiempo, le costó pensar en César como un hombre arrogante que sólo la quería por un accidente circunstancial, un hombre que estaba dispuesto a casarse con ella y dejarla tirada en cuanto se aburriera de su atractivo.

Tuvo que recordarse a sí misma de forma constante que las razones que movían a César no tenían nada que ver con el amor. Sin embargo, él estaba desarmándola con su encanto. La telefoneaba, la ayudó a solucionar el alquiler de su cabaña, se encargó de la mudanza.

Jude se preguntó cómo estaría afectando al trabajo de él toda la atención que le dispensaba. Cuando intentó averiguarlo, César le quitó importancia, como si fuera algo irrelevante. Al final, ella se rindió. Aceptó la presencia de César y se limitó a disfrutar de su compañía, sobre todo, cuando no discutían.

Tampoco se tocaban.

César la saludaba con un inocente beso en la mejilla y se despedía de ella del mismo modo. Aquello le hacía sentir a Jude como si fuera un objeto inanimado, algo que él quería proteger pero no deseaba acariciar.

César parecía haber dejado de sentir atracción física por ella y, en vez de estar aliviada y pensar que había hecho lo correcto al rechazarlo, ella se sentía terriblemente vacía.

Una semana después de mudarse, Jude tuvo la perversa idea de ponerlo a prueba.

Él la había llamado por la mañana y le había informado de que la invitaría a cenar. Cenar con él significaba ir a un restaurante muy caro. Aquello de preparar cualquier cosa con lo que hubiera en la cocina se había convertido en un recuerdo fugaz, pensó Jude, algo que sólo había ocurrido porque la nieve no les había dejado otra opción cuando habían estado atrapados en la cabaña de ella.

César llegó a la casa a las siete de la tarde. Debía de haber dejado de trabajar temprano, sobre todo teniendo en cuenta que era viernes, el día en que él solía quedarse trabajando hasta tarde para terminar cualquier cosa que no pudiera esperar al lunes. Ya no llevaba su ropa de trabajo. Llevaba unos vaqueros que se ajustaban a la perfección a sus musculosas piernas y un polo azul marino de marca.

–He decidido cocinar algo –dijo Jude, guiándolo a través del cuarto de estar.

–Ya lo huelo. ¿Por qué?

–¿No te cansas nunca de comer fuera?

–Es una costumbre que practico desde hace años. ¿Has visto a mi hermano hace poco? Está empezando a parecer un hombre casado.

César se había convertido en un hombre encantador, que podía hablar sobre todo y nada, pero que carecía de la pasión que había mostrado con ella en el pasado, observó Jude. Mientras cenaban, él charló sobre Freddy y el club de jazz, que iba a inaugurarse dentro de tres meses. Todo parecía indicar que iba a ser una inversión muy rentable.

Jude lo miró en silencio, recordándole con un

gesto que ella ya se lo había dicho y no le había querido creer.

–De acuerdo –dijo César, riendo, y levantó las manos simulando rendirse–. Tenías razón.

–¿Crees que estoy gorda? –preguntó ella de manera casual, mientras empezaba a recoger la mesa, y se puso de perfil para que él la observara.

Después del sarcástico comentario de César sobre su chándal, Jude había dejado de ponérselo durante un tiempo. Esa noche, llevaba unos pantalones ajustados negros y una blusa de manga larga negra, con pequeños botones en el pecho.

No llevaba sujetador. Los suyos se le habían quedado pequeños y no quería hacer gastos innecesarios, pues sabía que los pechos le iban a seguir creciendo durante el embarazo.

Él tomó aliento.

Durante las últimas semanas, César se había tomado su tiempo y se había comportado de una forma nueva para él, sobre todo, teniendo en cuenta que se había acostado ya con Jude y que seguía deseándola. Seguía soñando con el cuerpo de ella y había estado observando cómo sus pechos habían crecido y cómo su vientre había dejado de ser plano, mostrando señales del bebé que llevaba dentro.

Pero ella no lo deseaba a él, pensaba César. Y él no quería presionarla ni hacer que se pusiera a la defensiva. Sabía que el cuerpo de Jude reaccionaría si la tocaba, pero eso no era bastante para él. Quería que ella lo deseara con la mente y no sólo con el cuerpo.

–Una mujer embarazada no puede considerarse gorda –repuso él.

Por supuesto, César se había dado cuenta de que ella no llevaba sujetador desde el momento en que había entrado en su casa. También era bastante obvio que le habían crecido los pechos. Le llenarían ya toda la mano, pensó él. Y adivinó que los pezones también habrían crecido con el embarazo y que habrían oscurecido. No quería mirar el perfil que ella le ofrecía ni quería mirar la silueta de aquellos pezones que se le marcaban bajo la tela de la blusa.

—Me siento gorda —continuó Jude con tono despreocupado, y se pasó las manos por el vientre—. Siempre he sido muy delgada y ahora todo lo tengo más grande. No sólo la barriga.

César evitó mirarle los pechos.

—Era de esperar —repuso él, fingiendo no darle importancia—. Supongo que tendrás que empezar a comprarte ropa más grande. No hace falta que te diga que cualquier cosa que te compres puedes pagarla con la tarjeta de crédito que te di.

Jude suspiró con una mezcla de frustración y resignación. Había hecho la prueba y había sacado la conclusión de que, aunque se quedara desnuda allí delante, él sólo le advertiría que era peligroso enfriarse en su estado. ¿Se habría dado cuenta siquiera de que no llevaba sujetador?, se preguntó ella.

—Por cierto, ¿cuándo piensas utilizar la tarjeta? —inquirió César, buscando refugio en otro tema de conversación.

—¡Nunca! —le espetó Jude, y comenzó a lavar los platos, pues no le gustaba utilizar la máquina friegaplatos—. Sigo trabajando y ganando mi propio dinero y, dentro de un mes, empezaré a recibir ingresos por el alquiler de mi cabaña, así que mis finanzas no van mal. ¡Por el momento, no necesito recurrir a las reservas de los Carreño!

–¡Me lo dices como si fuera un insulto poner mi dinero a tu disposición!

A Jude se le ocurría otra cosa mucho más insultante: el modo en que él la había mirado y le había dicho, con toda corrección, que era normal que engordara. Era la clase de cosa que le habría dicho el médico antes de advertirle que debía comer bien y evitar el alcohol.

La verdad era que le atraía un poco la idea de discutir con él porque una discusión implicaría algo de acaloramiento y pasión. Pero el embarazo la había ablandado, así que mantuvo la paz durante el resto de la noche, que pasó de forma agradable hasta que él se dispuso a irse poco después de las once.

César le informó de que el lunes saldría de viaje durante unos días y le preguntó que si podría arreglárselas sola.

Claro que sí –respondió ella irritada–. Ya te he dicho que no hace falta que me vigiles todo el tiempo como si fueras mamá gallina.

–Buena comparación. Genial para hacer sentir a un hombre muy masculino.

–No hace falta que yo te diga que eres masculino –contestó ella, más irritada aún–. Ya sabes que lo eres.

–Oh, sí. Lo soy –dijo él, y alargó la mano para posarla sobre el vientre de ella.

Jude se preguntó qué haría él si ella le sujetara la mano y se la introdujera por debajo de la blusa.

–He comprado un libro sobre embarazo –admitió él, apartando la mano y metiéndosela en el bolsillo.

–¿Has comprado un libro de embarazo? –repitió Jude, y rió–. No me lo habías dicho. ¿Es lo que lees antes de dormirte? Pensé que te acostabas leyendo informes importantes en tu portátil.

–Sólo lo he ojeado –farfulló él–. Y te recomiendo que no leas ningún libro de esa clase. Están llenos de historias terribles.

–Lo que pasa es que eres un hipocondríaco –replicó ella, y siguió riendo al imaginar a aquel hombre tan dominante sintiéndose mareado al leer un manual de embarazo.

–Soy uno de los hombres menos hipocondríacos del mundo. Además, nunca me pongo enfermo.

–Eso es porque eres tan mandón que los gérmenes no se atreven a atacarte.

–Nos llevamos bien, ¿verdad, Jude? Admítelo. Podemos hablar, reírnos… ¡Dime por qué te resulta tan difícil comprometerte conmigo! Se suponía que era yo quien huía de los compromisos.

–No estropees la noche, César.

Además, ¿a qué se comprometía él?, se dijo Jude para sus adentros. ¿A cumplir con sus obligaciones como futuro padre? ¿A que no les faltara de nada? ¿A mantener una relación amistosa con ella y comportarse de forma civilizada por el bien del bebé?

Quizá, para él era un gran sacrificio. Pero César no la amaba y, por lo que parecía, ya no se sentía atraído por ella, pensó Jude. Todo se reducía a que él quería un matrimonio de conveniencia. El error más peligroso que ella podía cometer era olvidarlo.

César intentó no perder la paciencia.

–No, no. No quiero estropearla –dijo él, y apartó la mirada–. Tienes mi número, ¿no? Llámame.

Jude no tenía ninguna intención de llamarlo. Se dijo que había una estrecha línea divisoria entre llevarse bien e involucrarse demasiado. Sería demasiado fácil desarrollar una dependencia hacia César.

Por otra parte, lo cierto era que Jude estaba deseando tener algo de tiempo para estar sola. Quería concentrarse en su trabajo, tenía un par de proyectos por completar. También quería visitar a Freddy e Imogen y recordarse a sí misma cómo debía ser la unión entre dos personas que se amaban, para desengañarse cuando se viera tentada a creer que lo que compartía con César pudiera tener algún futuro.

Con lo que Jude no había contado era con que, al volver a casa el jueves siguiente, iba a tener que enfrentarse a lo inesperado, algo que ni César ni ella habían ni siquiera considerado.

Dos gotas de sangre, nada más, hicieron que todo su mundo se tambaleara.

Hacía un día hermoso. Jude había disfrutado mucho visitando a una pareja de clientes, a quienes les habían gustado mucho sus diseños. Había regresado a casa de buen humor, deseando continuar con sus proyectos y feliz de poder mantener la mente ocupada y no pensar en César.

Pero en cuanto vio que había manchado, el pánico se apoderó de ella.

¿Debía quedarse quieta y esperar dejar de sangrar? Intentó recordar lo que había leído sobre sangrados inesperados durante el embarazo, pero no consiguió pensar con claridad. Se sintió aterrorizada ante la posibilidad de perder al bebé.

Y no quería llamar a César.

Reunió todo su valor y telefoneó al médico.

El obstetra le dijo que lo más probable era que no hubiera nada de lo que preocuparse… pero debía ir al hospital para asegurarse… él se encargaría de avisar para que la estuvieran esperando.

¿Asegurarse? ¿Hospital?

Todas aquellas palabras hicieron que Jude se asustara aún más.

Consiguió reunir las fuerzas necesarias para llamar a un taxi para ir al hospital, recorrer todos aquellos pasillos interminables y llegar a la puerta adecuada, sin venirse abajo ni romper a llorar.

Mientras iba de camino, había llamado a Imogen y le había contado lo que pasaba, intentando no sonar demasiado preocupada.

–No es necesario molestar a César –le había dicho Jude a su amiga–. Acaba de volver de viaje. Está muy ocupado. Es una tontería preocuparlo por nada…

Durante la ausencia de César, Jude se había propuesto protegerse del sufrimiento que le provocaba estar con el hombre que amaba, ya que él no la correspondía. Había diseñado unas reglas básicas para poder lidiar con su presencia durante los años venideros. Había imaginado que, en algún momento, él le contaría que se había enamorado de otra persona contra todo pronóstico y que estaba preparado para entregarle su corazón. Algo que, a diferencia de todas las comodidades que la enorme riqueza de los Carreño podía comprar, no tenía precio.

Jude había recreado un millar de posibilidades en su mente y en todas ellas había dado por hecho la idea de que iban a tener un hijo en común.

No había imaginado el futuro sin el hijo de César. Era una mujer joven, su embarazo había sido rápido. Ni una sola vez se había preocupado por la parte técnica ni por si sería capaz de llevar el embarazo a término.

En ese momento, estaba empezando a contemplar otras posibilidades y un futuro diferente, en el que César no tendría nada que ver con ella porque habría desaparecido lo que los unía. César ya no tendría que ser amistoso, ni atento con ella. Ya no necesitaría que ella viviera cerca para poder ir a verla con facilidad.

Como había prometido, el médico había telefoneado al hospital con antelación para avisar de su llegada y, de inmediato, Jude fue conducida a una cama en la unidad de maternidad, donde le iban a hacer un reconocimiento.

Igual que había intentado hacer el médico por teléfono, volvieron a decirle que no se preocupara y que todo iría bien. Jude asintió y fingió que lo creía.

Tras ser examinada, la llevaron a otra sala para hacerle una ecografía.

Jude deseó que César estuviera a su lado. Pero, enseguida, se dio cuenta de que era mucho mejor que no fuera así. Por primera vez, se percató con total claridad de lo frágil que era su relación y de lo débil que había sido ella al permitir que César dirigiera su vida.

El corazón le latió a toda velocidad mientras se tumbaba en la habitación oscura donde iban a hacerle la ecografía. Miró el monitor y se quedó anonadada por los detalles que pudo ver en la pantalla. Le dijeron que todo estaba bien.

Sin embargo, Jude se dio cuenta de que nada estaba bien. Aquel susto había sido una preciosa lección para ella. Se había vuelto complaciente. Había caído víctima de sus propios sueños románticos. ¿Qué sentido tenía proponerse una cosa y, luego, hacer lo contrario? Se había permitido hacer su hogar en una burbuja inestable y se había dejado convencer por un puñado de sonrisas y gestos amables.

Además, los médicos habían dicho que todo *parecía* estar bien. Le habían advertido que tenía que hacer reposo completo en cama y no habían sido muy explícitos cuando les había preguntado sobre qué podía ir mal. Le habían aconsejado que no pensara en esas cosas y que se lo tomara con calma.

Entonces, Jude se percató de que el bebé que tanto quería, el bebé que había dado por hecho, era una vida vulnerable y que su futuro escapaba a su control.

Tendría que hacer cambios. Lo que compartía con César era un acuerdo de negocios y había sido una tonta al olvidarlo.

Si era realista, ¿qué era lo que tenía delante? César se estaba portando bien con ella porque era lo que le convenía a él.

Por ejemplo, ¿qué habría estado haciendo él mientras había estado de viaje? César Carreño no era un hombre corriente. Era increíblemente sexy, riquísimo y dueño de todo un imperio empresarial. Un hombre bien consciente de su atractivo a quien le gustaba salir con mujeres muy hermosas. De hecho, seguro que había salido con unas cuantas modelos de las revistas de alta costura. ¿Era posible que hubiera estado en Nueva York y se hubiera conformado con cenas de trabajo? ¿Que no hubiera estado con nadie, sobre todo, teniendo en cuenta que a ella ya no la encontraba atractiva?

Jude comenzó a hacerse decenas de preguntas sin respuesta, que se enredaban en su mente como la hiedra.

Por supuesto, tendría que ver a César antes o después. Probablemente, cuando saliera del hospital, donde le habían aconsejado que se quedara a pasar la noche para que pudieran monitorizar sus constantes vitales. El sangrado había parado, su pánico había disminuido y parecía que cada vez pensaba con más claridad.

Se sentía bastante satisfecha consigo misma cuando, al fin, consiguió conciliar el sueño.

Se despertó al oír entrar a alguien en su habitación, escuchó las pisadas y cómo acercaban una silla a la cama.

Jude supo quién era antes de abrir los ojos. Su mente siempre parecía estar alerta con César.

—¿Cómo supiste que estaba aquí? —preguntó ella, abriendo los ojos despacio.

—Imogen me lo dijo. ¿Por qué diablos no me llamaste tú misma?

—No lo creí necesario.

César se controló para no estallar. Ya había hablado con el médico y le habían dicho que todo parecía ir bien pero que ella debía hacer reposo absoluto, al menos durante las próximas semanas. No quiso gritar para no estresarla.

—No lo creíste necesario.

—No. E Imogen no debió haberte llamado. Le pedí que no lo hiciera. Acabas de llegar de viaje y no quería que vinieras, pues seguro que tenías compromisos de trabajo —señaló ella, intentando mantener un tono neutral—. Ha sido un susto nada más.

–Creo que tengo derecho a estar al tanto de esta clase de sustos.

Antes, Jude habría pensado con inocencia que la preocupación de César la incluía a ella. Habría sonreído y le habría contado lo mal que lo había pasado. Incluso le habría confesado que se alegraba de verlo. César la habría llevado de vuelta a la casa y la habría hablado con esa voz dulce y amistosa, haciéndole creer que significaba para él algo más que la incubadora de su hijo. Pero las cosas habían cambiado, se dijo.

–Con suerte, ya no habrá más –dijo ella.

César frunció el ceño, mirándola.

–¿Qué pasa?

–¿Qué quieres decir?

–La última vez que te vi, irradiabas alegría. ¿Se debe tu cambio de humor a que estás preocupada? El médico me ha dicho que no hay de qué preocuparse. De hecho, no te sienta nada bien estresarte por nada.

–Por supuesto –contestó Jude, diciéndose que César pensaba sólo en el bienestar del bebé, no en ella.

–Tienes que descansar. Se acabó lo de trabajar en esos tontos proyectos. A partir de ahora, estarás tumbada y seguirás los consejos del médico. Te buscaré una criada. Alguien que cocine, limpie y te haga los recados. No tendrás que mover ni un dedo.

–No son proyectos tontos.

–Harás lo que te dijo –ordenó César, cansado de tantas contemplaciones–. La salud del bebé depende de ti, es tan simple como eso.

César no entendía el cambio de humor de ella y

no le gustaba tampoco. Había corrido al hospital, se había vuelto loco de preocupación y aquel tono frío en que hablaba Jude le estaba poniendo de los nervios.

–Ni se te ocurra decirme que no necesitas una criada –advirtió él, adelantándose a cualquier objeción que ella pudiera poner.

–No iba a hacerlo. No soy estúpida, César. Me doy cuenta de que necesito ayuda en la casa y no iré a visitar a más clientes ni trabajaré en mis tontos proyectos, como tú los llamas. Al menos, por el momento –señaló ella.

Entonces, Jude recordó cuando Imogen había sido llevada a urgencias en el hospital. Recordó la cara conmocionada de Freddy. Sus ojos llenos de amor. En ese momento, Freddy había estado dispuesto a dejarlo todo por Imogen, a hacer cualquier cosa por ella.

Y César sólo se preocupaba por el bebé que ella llevaba en su vientre, pensó Jude.

–Ahora estoy cansada –dijo ella de forma abrupta–. Ha sido un día muy largo y quiero volver a dormir.

–Necesitarás algo de ropa.

Jude no había pensado en eso. Seguía vestida con la bata del hospital. Se encogió de hombros y asintió.

–Dime qué quieres y te lo traeré.

–No hace falta que te molestes, César. Tu chófer puede ir y traerme cualquier cosa –contestó Jude, y bostezó.

–No seas absurda –replicó César. Imaginó a su chófer rebuscando en el cajón de la ropa interior e

hizo un gesto de disgusto. Le pareció más que ina-
ceptable. Incluso obsceno–. Yo te traeré lo que nece-
sites y me aseguraré de que haya una criada en la
casa para cuando llegues allí. De hecho, voy a hacer
que mi secretaria se ponga manos a la obra ahora
mismo.

César marcó el número en su teléfono móvil y
Jude lo escuchó mientras daba órdenes. Órdenes que
serían obedecidas sin cuestionarlo y llevadas a cabo
con el nivel de eficiencia que un alto salario garanti-
zaba. La voz de él era tajante, la voz de un hombre
que sabía que, cuando daba órdenes, éstas eran obedecidas. Pagaba a su secretaria para que lo obede-
ciera.

Había utilizado una táctica diferente con ella, se
dijo Jude, pero el resultado había sido el mismo. Él
le había dado órdenes disfrazadas entre sonrisas y
gestos de amabilidad, y ella había obedecido. Incluso también la había pagado, en cierta forma, porque… ¿dónde estaba ella viviendo? En una casa que
él había elegido, en la zona que él había escogido,
por razones que le convenían. La única negativa con
la que César se había topado en su plan había sido el
rechazo de su propuesta de matrimonio, una manera
de hacer que su hijo fuera legítimo. Sin embargo, en
todo lo demás, César la había persuadido para que
hiciera lo que él quisiera. Y ella había ofrecido muy
poca resistencia.

Pero aquel susto en el hospital había hecho que
Jude recordara que ella era del todo prescindible.
Era hora de que lo reconociera, antes de dejarse llevar demasiado lejos por una corriente que la alejaba
de la seguridad de la costa.

Capítulo 10

JUDE había regresado a la casa y César iba de camino. La criada había sido empleada en un tiempo récord. Ya había limpiado la casa cuando Jude había vuelto y, en ese momento, estaba en el supermercado con la lista de la compra.

Jude la había enviado para que no estuviera en la casa cuando César llegara.

Se miró al espejo y ensayó el discurso que había preparado. Iba a decirle a César que lo había estado pensando y que, para empezar, quería asegurarse de que se firmaran los documentos adecuados para que la casa estuviera a nombre de él. Eso le daría un buen pie para el resto de la conversación.

A continuación, le resultaría más fácil mantener sus sentimientos bajo control, sobre todo cuando pasara al tema de las barreras personales que debían existir entre los dos. Por supuesto, César le contestaría que él no había traspasado ningún límite, que se estaban comportando de forma civilizada, adulta y amigable porque eso facilitaría mucho las cosas cuando llegara el bebé. Ella había pensado ya qué le respondería a eso. Salir a cenar iba más allá de una relación puramente amistosa y no quería que él le controlara la vida. También, tenía pensado hablar sobre qué pasaría si alguno de los dos encontrara pareja, alguien con quien quisieran compartir su vida. Básicamente, quería dejarle claro, en pocas palabras, que él era algo pasajero en su vida, en lo que se refería al corazón.

Mirándose al espejo mientras se ponía la máscara de pestañas, Jude se preguntó cómo sería ese hombre imaginario que esperaba que apareciera en algún momento en su vida. ¿Sería ella capaz de reconocerlo, cuando su cabeza estaba llena de pensamientos sobre César? Nadie parecía estar a la altura de César. A su lado, todos los demás hombres le parecían una sombra. César había irrumpido en su vida y la había dominado y ella se había enamorado como la heroína trágica de una novela victoriana.

Jude se hizo un gesto de burla a sí misma y se dirigió al cuarto de estar. Desde el sofá, podía ver el jardín trasero, que en ese momento estaba bañado por el sol.

Oyó la puerta principal abrirse y supo que era César, antes de que él entrara en el cuarto de estar. Estaba imponente y sexy con unos pantalones color crema y una camiseta de rugby que, como él le había explicado en el pasado, era un recuerdo de sus tiempos en la universidad, cuando había sido capitán del equipo de rugby.

Como siempre que lo veía, Jude sintió que el corazón le daba un vuelco.

—Estás obedeciendo las órdenes del médico —observó César con aprobación—. Muy bien.

César se sentó en una silla, enfrente de ella, y se cruzó de piernas. Jude le había dicho que fuera a verla a las cuatro y él se había pasado las últimas tres horas mirando el reloj demasiado a menudo y preguntándose por qué lo habría citado a una hora concreta, teniendo en cuenta que ella siempre solía contentarse con que fuera a verla a la hora que le apeteciera.

—¿Cómo te sientes?

—Bien. Gracias.

César se quedó escuchando el eco de las palabras de ella en su cabeza. Las había dicho con un tono helador. ¿O sería su imaginación?, se preguntó él.

—¿Y la criada? ¿Funciona bien? ¿Dónde está?

—Annie funciona bien y está en el supermercado ahora mismo. Le pedí que fuera porque... realmente creo que tenemos que hablar...

César reconoció ese tono de voz sin lugar a dudas. Lo había empleado él mismo en el pasado, normalmente con mujeres que estaban empezando a inmiscuirse demasiado en su vida. En esos casos, él solía invitarlas a cenar a un sitio caro y, a la hora del licor, decirles que tenían que hablar...

—Habla.

Jude se dio cuenta de que la sonrisa inicial de César había desaparecido.

—Ayer estuve pensando mucho, César. Cuando pensé que... bueno, cuando creí que podía pasar lo peor... Me di cuenta de que es importante que solucionemos uno o dos detalles...

Jude se aclaró la garganta y esperó a que él dijera algo.

—¿Qué detalles?

—Esta casa, por ejemplo.

—Está a mi nombre, como tú me pediste.

—Bien —repuso Jude, sintiéndose ligeramente incómoda bajo la mirada atenta de él. Sin querer, empezó a balbucear–: Y... tenemos que hablar sobre qué pasará cuando alguno de los dos encuentre a alguien.

–¿Me estás diciendo que hay alguien más?

–¡Claro que no! Mírame, César. ¡Estoy embarazada!

Claro que no había nadie más, se dijo César. Había sido una pregunta ridícula, pero la había hecho sin pensar.

–Pero podría haberlo. Algún día. Igual que podría pasarte a ti –señaló ella.

Jude se quedó medio esperando a que él lo negara pero, por supuesto, él no iba a negarlo. ¿Por qué iba a hacerlo?, se dijo ella. César le había ofrecido casarse con ella, le había ofrecido su dinero, como si fuera una empleada que se hubiera ganado un aumento de sueldo después de superar de forma satisfactoria el periodo de pruebas. Él nunca había hablado sobre fidelidad. De pronto, un pensamiento nuevo le pasó por la cabeza.

–¿Por qué me pediste que me casara contigo, César?

–¡Otra vez no!

–Sé que eres muy tradicional. Sé que no te gusta pensar que vas a tener un hijo fuera del matrimonio. ¿Pero fue también porque no querías que hubiera ningún hombre más en la escena? ¿No querías que hubiera nadie más que pudiera interferir en la crianza de tu hijo?

–¡Nunca se me había ocurrido algo así! –exclamó él. Sin embargo, se sonrojó.

¿Se le habría ocurrido aquel pensamiento, aunque fuera de forma subconsciente?, se preguntó César. ¿Sería por eso por lo que se sentía más cómodo teniéndola cerca? ¿Porque podía vigilarla? No le gustaba la idea de ser posesivo. Nunca había sido un hombre posesivo. De hecho, nunca había sentido la necesidad de conocer los movimientos de ninguna de las mujeres con las que había salido en el pasado. Ni siquiera con Marisol… sí, había sido protector con ella. Marisol había sido muy femenina y vulnerable, había necesitado su protección… Pero no había sido posesivo con ella.

–¿Adónde quieres llegar? –preguntó él con tono seco–. ¿Acaso no he cumplido con todo lo que me has pedido?

César no entendía qué había pasado. Jude había estado bien hacía sólo unos días. ¿Qué había cambiado?

Jude se había dado cuenta de que él se había sonrojado cuando le había preguntado sobre las razones para pedirle en matrimonio. Supo, con tristeza, que había dado en el clavo. César quería atarla a él, quería hacer imposible que encontrara a nadie más porque no quería que ningún hombre interfiriera con la crianza de su hijo. Él quería jugar sólo con sus reglas.

–Quiero dejar claras algunas reglas básicas –indicó ella con firmeza–. Pensé que iba a perder al bebé. De hecho, ahora mismo sigo sin dar nada por sentado.

–¿Te ha dicho el médico algo que yo no sepa? –inquirió César, frunciendo el ceño–. Si lo ha hecho, ¡me las pagará!

–Esto no tiene nada que ver con el bebé –afirmó Jude, y apartó la mirada. No quería verlo demasiado de cerca–. Tiene que ver conmigo. Con nosotros dos.

–Si vamos a hablar de nosotros, pensé que estábamos llevándonos bien, hasta que regresé de mi viaje y te encontré con esta actitud tan siniestra.

–Nos estamos llevando bien –señaló Jude–. Pero creo que es importante recordar que no somos amigos. Somos dos personas que cometieron un error al acostarse y las consecuencias han ido más allá de lo que habíamos esperado. No olvidemos que ahora no estaríamos manteniendo ningún tipo de conversación si yo no hubiera descubierto que estaba embarazada. Te agradezco todo lo que has hecho…

–¡¿Quieres dejar de hablarme como si fuera un desconocido?!

–¿Y tú quieres dejar de gritarme en mi propia casa?

–Pero no es tu casa, ¿o sí?

Hubo un tenso y eléctrico silencio entre ellos y Jude se quedó pálida.

–¿Es eso, César? ¿Como es tu casa, tengo que obedecer tus reglas? ¿Tengo que mantenerme a raya porque pagas el techo que tengo sobre la cabeza? Un techo que, por cierto, no recuerdo haberte pedido.

–¡Eso es ridículo!

–¡No lo es! –replicó Jude, y pensó en el viaje que él había hecho a Nueva York–. De acuerdo, tengo una pregunta para ti. ¿Cómo te sentirías si conociera a alguien, alguien a quien quisiera dedicar gran parte de mi atención? Alguien que, de manera inevitable, entraría en contacto con nuestro hijo y tendría una influencia sobre él o ella. ¿Estarías de acuerdo con eso? ¿O tendría yo que someterme a tus reglas mientras siguiera viviendo en la casa que tú has pagado?

César deseó poder decirle que podía hacer lo que le diera la gana, siempre que no metiera a su hijo en ello. Pero, al imaginarla con otro hombre, apretó la mandíbula con furia.

—No te molestes en contestar, César. Por tu silencio, sé cual es la respuesta. ¡Tú... crees que puedes hacer lo que quieras mientras yo me quede en la casa que tú has comprado, cumpliendo con mi deber de madre!

—¿Hacer lo que quiera?

Jude se percató que, en algún momento de la discusión, el calmado y maduro discurso que había planeado se le había salido de las manos. En ese momento, sintió ganas de romper a llorar.

—Por ejemplo, ¿qué hiciste en Nueva York? —preguntó ella, y se avergonzó por sus palabras, sobre todo porque César la miraba como si se hubiera vuelto loca—. No es que me importe. Sólo lo digo para demostrarte algo. Tú eres libre de hacer lo que quieras y yo espero poder ser libre para hacer también lo que me dé la gana.

—A ver si lo entiendo —dijo César, tenso—. Si te digo que fui a Nueva York, me encontré con una antigua amante y pasé con ella tres tórridas noches, eso te molestaría.

—¿Eso hiciste?

—Bajo riesgo de echar por tierra todos tus prejuicios, he de contestarte que no, no lo hice.

—Eso no quiere decir que no lo hagas en algún momento en el futuro —le espetó ella.

Jude se sintió aliviada porque él lo hubiera negado y, al mismo tiempo, se dijo que podía llegar un tiempo en que la realidad fuera otra. Se odió a sí misma porque siempre le importaría tanto como para volver a preguntárselo, aunque sufriera al escuchar su respuesta.

–Y, por supuesto, si lo hiciera, no intentarías detenerme –observó él.

–¿Por qué iba a hacerlo? Eres un hombre libre, César. Incluso si nos casáramos, seguirías siendo libre y yo no podría hacer nada para sujetarte.

César pensó que en un tiempo había sido un hombre libre y que, si cualquier mujer le hubiera dado indicios de que intentaba cazarlo, él no habría dudado en terminar la relación. ¿Pero acaso un hombre libre perdía la concentración en su trabajo porque tenía el pensamiento puesto en una mujer? Una mujer muy testaruda y frustrante, de cabello corto oscuro y una forma de conversar que no mostraba ningún respeto por sus límites.

¿Y acaso un hombre libre contaba las horas que le quedaban para poder ver a una mujer que poblaba su mente a todas horas? A César le resultó difícil recordar la última vez que se había sentido un hombre libre.

Jude había empezado a hablar de Marisol y estaba diciendo que, en un tiempo, quizá él había sido capaz de amar. César la detuvo con un gesto y esperó hasta que ella guardara silencio.

–Todo lo que dices es verdad –admitió César, apoyándose hacia delante en el sofá, con los codos sobre las rodillas. Se recorrió el pelo con los dedos–. Amaba a Marisol. Diablos, éramos muy jóvenes y tuvimos muy poco tiempo para estar juntos. Demasiado poco como para descubrir los defectos del otro y, sí, la puse en un pedestal –reconoció, y la miró a los ojos con intensidad.

Jude deseó taparle la boca con la mano, porque no quería oírlo confirmar todo lo que ella acababa de exponer. Se dio cuenta de que, cuando había ensayado lo que le iba a decir, lo había imaginado como un oyente silencioso.

–Ella era… complaciente, suave, sumisa…

–Lo sé. Creo que ya me lo habías dicho. Ella era todo lo que yo no soy.

César asintió con la cabeza.

–Eso me hace preguntarme si de veras Marisol y yo éramos adecuados el uno para el otro.

–¿Qué? –preguntó ella, levantando la cabeza, y fijó en él la mirada.

César tuvo una sensación extraña de mareo, como si estuviera parado al borde de un abismo, mirando hacia abajo.

–Siempre pensé que me gustaban las mujeres dulces y complacientes hasta que conocí a una mujer cabezota, bocazas y peleona que tenía las agallas de cuestionar todo lo que yo decía, hacía y pensaba.

Jude contuvo el aliento, preguntándose si estaría oyendo bien, pero la expresión en el rostro de él le confirmó que así era. César parecía extrañamente vulnerable. Era una expresión que ella no le había visto nunca antes.

Ella sintió deseos de acercarse a él, sentarse en su regazo, acariciarle el rostro… Pero se quedó quiera, para no romper el hechizo.

–Cuando me fui de tu cabaña, de veras creí que podría volver a Londres, que mi vida continuaría donde la dejé. Estaba acostumbrado a que las mujeres fueran algo pasajero. Por supuesto, tenía el ego herido porque me habías rechazado cuando yo había querido prolongar nuestra aventura. Pero me dije a mí mismo que había sido mejor así. Lo malo fue que no pude sacarte de mis pensamientos.

–¿No?

César negó con la cabeza con gesto socarrón.

–Eso debe de ser… probablemente porque… ya sabes… por el sexo y… por desear la única cosa que pensabas que no podías tener… –balbuceó Jude.

–¿Estás intentando sonsacarme?

Jude sonrió con reticencia.

–Algo así.

–¿Qué quieres sonsacarme?

Jude se encogió de hombros y se le quedó mirando mientras él se acercaba y se sentaba a su lado en el sofá. Ella le hizo sitio y se sintió apretada. Y feliz, pues había echado de menos su cercanía, la calidez del cuerpo de él. Era un hombre tan vibrante, tan vital, que la contagiaba cuando estaba a su lado. Sin él, se sentía como una sombra.

–No es por el sexo. De hecho, no tiene nada que ver con el sexo. Claro que cuando pienso en ti me pongo caliente, pero también me siento… incompleto. Supongo que lo que estoy intentando decirte es que te amo. No puedo imaginarte con ningún otro hombre y no tiene nada que ver con querer proteger a mi hijo de la influencia de nadie más. Tiene que ver con algo mucho más primitivo que eso. Creo que son celos.

–¡Estás celoso! –exclamó Jude, y esbozó una radiante sonrisa. Tomó una de las manos de él entre las suyas.

–Creo que es un efecto secundario de estar enamorado.

–Yo también te amo.

–Si me amas, ¿por qué no me haces el honor de casarte conmigo?

–Estaba esperando, César, a que me dijeras las palabras adecuadas. Ahora lo has hecho. Me casaré contigo cuando tú quieras.

Se casaron seis semanas después en una ceremonia muy pequeña e íntima, con sólo la familia y amigos. Por entonces, Jude ya no tenía por qué hacer descanso absoluto, aunque había dejado por un tiempo todos los compromisos de trabajo que implicaran conducir.

Como Imogen, no tuvo luna de miel pero tampoco le preocupó lo más mínimo. Estaba tan feliz que no le importaba no moverse de su casa. Estaba contenta de estar donde César estuviera, incluso si eso significaba quedarse en su cabaña con él, cocinando y cuidando del jardín.

César había dejado de ser el adicto al trabajo que había sido antes y había estado hablando de la posibilidad de mudarse lejos de Londres en un futuro próximo. Para un hombre que una vez había considerado Kent como el fin del mundo, aquello era un gran paso.

Después de un embarazo sin más sustos, Olivia Carreño nació en una soleada tarde. Su nacimiento pareció compensar todo el estrés que había rodeado a su concepción, pues llegó al mundo sin ninguna dificultad.

Tenía el pelo de color oscuro y un temperamento dulce y calmado. Fue bautizada varias semanas después de su nacimiento. Imogen fue la madrina y Freddy el padrino, con la condición de que no dejara a Olivia acercarse a ningún club nocturno, incluido el suyo, que estaba ganándose a gran velocidad la reputación de ser el mejor club de jazz del país.

La vida no podía haber sido más feliz para Jude.

Y, en ese momento, con el invierno acercándose y las Navidades a la vuelta de la esquina, el aire estaba impregnado de alegría ante la perspectiva de comprar su primer árbol de Navidad juntos.

—El primero de muchos —le había dicho César la noche anterior, después de que hubieran hecho el amor apasionadamente, mientras su bebé dormía con placidez en la habitación de al lado—. Y muy pronto, espero que me des una razón para que nos mudemos un poco más lejos, a una casa un poco más grande…

—¿Qué clase de razón? —había preguntado Jude, aunque había sabido muy bien a qué se había referido él. Desde hacía cinco horas, ella había estado esperando el momento de comunicarle la noticia.

—¿Qué clase de razón cree usted que puede ser, señora Carreño?

—Bueno… es curioso que digas eso porque vamos a tener una muy buena razón dentro de… unos ocho meses y medio. Me hice la prueba esta mañana, señor Carreño, y parece ser que, después de todo, es usted tan viril como dice…

Bianca™

Bajo el sol de Sicilia, su amante lo tienta como nadie.

Su relación es tórrida, el deseo indescriptible… Sólo que nunca se puede hablar de amor…

Pero Faith, su sorprendente e intrigante amante norteamericana, está poniendo a prueba su resolución. Él dice que jamás volverá a casarse, que sus principios no se lo permiten.

La única persona que puede domar al indomable Tino es Faith, la mujer que va a tener un hijo suyo…

Bajo el sol de Sicilia

Lucy Monroe

Acepte 2 de nuestras mejores novelas de amor GRATIS

¡Y reciba un regalo sorpresa!

Oferta especial de tiempo limitado

Rellene el cupón y envíelo a
Harlequin Reader Service®
3010 Walden Ave.
P.O. Box 1867
Buffalo, N.Y. 14240-1867

¡Si! Por favor, envíenme 2 novelas de amor de Harlequin (1 Bianca® y 1 Deseo®) gratis, más el regalo sorpresa. Luego remítanme 4 novelas nuevas todos los meses, las cuales recibiré mucho antes de que aparezcan en librerías, y factúrenme al bajo precio de $3,24 cada una, más $0,25 por envío e impuesto de ventas, si corresponde*. Este es el precio total, y es un ahorro de casi el 20% sobre el precio de portada. !Una oferta excelente! Entiendo que el hecho de aceptar estos libros y el regalo no me obliga en forma alguna a la compra de libros adicionales. Y también que puedo devolver cualquier envío y cancelar en cualquier momento. Aún si decido no comprar ningún otro libro de Harlequin, los 2 libros gratis y el regalo sorpresa son míos para siempre.

416 LBN DU7N

Nombre y apellido	(Por favor, letra de molde)
Dirección	Apartamento No.
Ciudad	Estado	Zona postal

Esta oferta se limita a un pedido por hogar y no está disponible para los subscriptores actuales de Deseo® y Bianca®.
*Los términos y precios quedan sujetos a cambios sin aviso previo.
Impuestos de ventas aplican en N.Y.

SPN-03   ©2003 Harlequin Enterprises Limited

Deseo™

Por derecho propio

Maxine Sullivan

Para Matthew Valente, la paternidad triunfaba sobre todo lo demás. Daba igual que su ex empleada Lana hubiera mantenido a su hija en secreto durante casi un año; daba igual que la considerara una embustera y una ladrona: su hija llevaría el apellido Valente... y ella también.

Una vez casados, Matthew empezó a luchar con todas sus fuerzas contra los recuerdos de su pasada y placentera indiscreción, pero el autocontrol pronto se convirtió en pasión desatada. ¿Acabaría el poderoso multimillonario siendo víctima de su propio corazón?

**Una hija por sorpresa... y una esposa
que no quería serlo**

Bianca™

¡El jeque quería tomarse la revancha!

Para el jeque Salim al Taj, lo único importante eran los negocios. Pero después de pasar una noche con Grace, empleada suya, su punto de vista cambió. ¡Ahora sólo deseaba estar con ella!

Cuando Salim puso fin a su apasionada aventura, no pudo creer que Grace se hubiera ido de la empresa, llevándose al parecer bastante dinero. Así que decidió dar un escarmiento a su indómita amante... sin piedad y de forma lenta y placentera...

La amante indómita del jeque

Sandra Marton